CARAMBAIA

O gabinete negro

CARTAS COM COMENTÁRIOS

Max Jacob

TRADUÇÃO LUIZ DANTAS

POSFÁCIO PABLO SIMPSON

NOTA DOS EDITORES

Esta edição baseou-se na versão revista do livro *O gabinete negro*, de 1968, ampliada com cinco cartas que não faziam parte da publicação original, lançada na França em 1928.

Ofereço a edição completa
deste livro a meu amigo
Philippe de Lavastine

06 Com respeito à conclusão do curso secundário

12 Duas cartas escritas a quinze anos de intervalo

20 Conselhos de uma mãe a sua filha

34 Caridosos laços de família

48 Deram boas risadas juntos no café

58 Carta de uma jovem operária de fábrica ao filho do patrão

66 Carta com comentários [Victorine Lenglé]

72 As sapatilhas da Gata Borralheira

78 Conselhos de um médico a um jovem colega

86 Carta de um sargento sobre o casamento

92 Carta sem comentários [Adolphe Carichon]

96 Carta de 1814 para fazer queixa de um irmão

104 Carta ao deputado Ballan-Goujart sobre uma nomeação em Digne

110 Carta sem comentários [Jeanne Galmot]

114 Carta de 1920

118 A carta do poeta moderno

126 Carta do tempo de Henrique IV

136 Carta de uma empregada

142 Carta de um empregado das lojas Entrepôt Voltaire

152 Carta para a senhora Vaudor

160 Outra carta hospitalar

166 Carta de um empregado do comércio ao seu patrão

170 Carta do advogado Dambray ao senhor Conde de Popelinot, em sua herdade de Popelinot

174 Os pais do matemático (cartas autênticas)

184 Resposta do abade X... a um rapaz desacorçoado

190 Carta de um figurante que banca o galã

194 Carta de mulher

198 Carta da princesa Iréna Petr Arianovitch, manequim

206 Carta do sr. Milionário

210 Carta mortuária

214 Bula de um papa do século IX

228 Posfácio, Pablo Simpson

Com respeito à conclusão do curso secundário

Caro filho,

Na carta do dia 15 deste mês, você se diz surpreso com minha atitude e por eu ter determinado que o advogado de sua mãe interferisse. De fato, filho, depois de tantas decepções, fruto do afeto que tinha por você e da antiga consideração por seu caráter, decidi cessar o nosso convívio mais ou menos provisoriamente. No princípio, fiquei admirado e contrariado com sua reprovação nos exames finais; porém esta já é a terceira reprovação. Na primeira vez, foi falta de sorte; na segunda, culpa das corridas de cavalo de Deauville; desta feita, foi o ódio do examinador que conhece a pequena Juliette. Perdi o ânimo de mandar dinheiro a sua mãe sob pretexto dos seus estudos. A suscetibilidade dela, mais ou menos justificada por minhas aventuras com as mulheres, tem-me custado muito caro. Seja como for, está tudo encerrado no que concerne a você, meu filho, e aos estudos. Faça o que bem entender, entretanto não terá mais um tostão do meu bolso para estudar. Preveni as pessoas que nos viam juntos que eu não voltaria mais a saldar as suas dívidas. Nem pense portanto, rapaz, em sustentar-se à custa de dívidas como o Lucien Coudray. Você sabe gozar a vida, felicitações, acho ótimo. Pois bem, se você precisa gozar a vida, junte dinheiro, foi assim que eu fiz. Quando saía com você e meus amigos de automóvel, acreditava que meu filho estivesse cumprindo as obrigações com os estudos, além de farrear. Estimava-o porque acreditava que você se parecia comigo. Mas não! Você não passa de um "filho de patrão", e eu abomino os "filhinhos de papai". É provável que tenha sido sua mãe que o desencaminhou, com aqueles colégios de jesuítas que estavam na moda em sua época. No entanto, não falemos mal de sua mãe, é um princípio. Você tem liberdade para pensar o que quiser dela, mas sem faltar ao respeito filial que lhe deve. Todavia conheço as pessoas ditas virtuosas, e você verá o quanto valem, se porventura tornar-se o homem que eu ainda espero que seja, apesar dos fracassos neste começo de vida.

Não pense que eu esteja agindo contra você ou sua mãe com mau humor ou até por avareza. Sempre o tratei como um ótimo amigo, pedindo em troca tão somente que isso fosse recíproco. Eis meus princípios: detesto a hipocrisia dos carolas. Quanto a ser sovina, a mim parece que, em matéria de dinheiro, você não teve queixas de minha parcimônia, até o presente. As providências que tomei foram pelo seu bem. Enquanto você continuar rodando de automóvel na companhia de nossas amigas, será sucessivamente reprovado nos exames, e terá de ficar na casa de sua mãe quando não tiver mais dinheiro. Você sabe tão bem quanto eu quanto custam as mulheres e as farras. É verdade que você... enfim, você verá as mulheres que vai conseguir quando nem meu carro nem meu dinheiro para o táxi estiverem mais às suas ordens.

E já que tocamos no assunto, permita dizer: não estou nada satisfeito com você, porque há coisas que não se fazem de homem para homem e, sobretudo, entre pai e filho. Não se trata de honra! Ninguém fala de honra com criançolas de 17 anos; estou falando de conveniências. Compreendi por que você não tinha mais vontade de ir ao Maxim's! Meu filho não queria ser visto entre Louise Duchamp e eu, temendo a atitude das amigas que o teriam delatado mais ou menos maldosamente. Porém tudo vem à tona no final das contas, aprenda isso para o seu governo, rapaz, porquanto eu dou 5 francos ao Ernest cada vez que ele faz um relatório sobre a Louise Duchamp. Sim, claro! "O Maxim's é um lugar ultrapassado!" Soube da verdade por intermédio do Ernest, aquele garçom que você conhece, e a verdade é que Louise levou o meu filho para a casa dela. Chegou até a dizer: "Estarei sempre em casa para você!". Certamente, não para praticar esgrima ou boxe, imagino! Ora, você sabe muito bem o quanto estou ligado a essa mulher, já que foi ela o principal motivo de meu divórcio e das mágoas de sua mãe. Você está a par, razão a mais, então, para que não tivesse aceitado. E o que me faz você? Todo cheio de si por ter agradado — pois não creio que seja por dinheiro que ela saia com meu filho —, você faltou ao respeito devido a um pai.

Não estou encarando a questão do ponto de vista do "coração" (deixemos para lá o problema dos "dissabores", conheço

PRIMEIRA CARTA

À senhorita Marie V..., residência dos pais,
Nouveautés, rue du Pont-Tournant, 15,
E. V.

Senhorita,

    É sempre envaidecedor receber uma carta de amor, nesta cidade principalmente, onde se morre de tédio. Mas fique bem claro em sua cabecinha que se não respondi de imediato foi porque estou assoberbado com um concurso público, e de modo algum porque não teria prazer em travar conhecimento com uma mocinha tão encantadora. Não sou uma pessoa poética, ao contrário do que diz! Nem pense que por me ter encontrado olhando o pôr do sol à beira do canal, quando passeava com seus respeitáveis familiares perto do lugar onde o pessoal atraca as barcaças, eu seja aquilo que a senhorita diz que sou. Não digo que seja incapaz de fazer alguns versos quando surgir a ocasião, como faz-me a honra de pedir, mas previno que não sou nenhum Lamartine, nem mesmo Victor Hugo, no gênero. A mocinha faz ideia do que seja um sistema de drenagem a céu aberto com o fundo empedrado, do tipo francês, ou uma drenagem com tubos de barro cozido? São questões de pouquíssimo interesse; os drenos do tipo francês entopem com bem menos facilidade, e a ciência dos engenheiros do Ministério da Viação e Obras Públicas impede apenas os seus lindos pezinhos de ficarem todo encharcados nos dias em que a senhorita vai passear para os lados de Port-Prijean. Veja como estou informado dos seus hábitos, porque faz muito tempo que a amo, da mesma forma. Estou infelizmente sem muita cabeça para o amor, ainda que preferisse pensar bem mais no tom entre o verde e o azul dos seus olhos, certamente, a avaliar o volume efetivo de um processo de dragagem (porque durante o trabalho, na verdade, o lodo, que cobre o subsolo resistente em camadas de espessura variável e consistência mais ou menos mole, pode afluir de longe para o canal, o que altera também o orçamento geral das obras). Algum dia poderei explicar tudo isto quando tiver passado o meu concurso. É um concurso público seríssimo, e para a banca examinadora a cotação do amor é um tanto baixa – perdoe a piada. A senhorita faz a honra de marcar um encontro comigo para amanhã à noite, atrás do coreto. Pobre de mim! Seria o mesmo que pedir minha vida. Estou revendo alguns pontos com o Léonce Dupuis, todas as noites, e teria de achar uma desculpa, dizer o porquê e assim por diante. Portanto, na hora em que poderia apertar sua linda cinturinha entre os meus bíceps, estarei estudando a origem dos barcos de bombear detritos no grande livro sobre o assunto, o Pontzen.

A senhorita vai retrucar: "O senhor já está tão bem colocado na vida, será então ambicioso a ponto de prestar outro concurso público?". Ah! Criança! Paris! Paris! Depois de conhecer a Cidade Luz, não suporto mais viver neste buraco. Que distrações intelectuais tem a jovem em nossa cidade? Onde encontrar aquelas noites de estreia em que os olhos abarcam o conjunto inteiro dos jornalistas? Quem já viu num daqueles concertos melodiosos mulheres lindas com vestidos decotados (não tão lindas, com certeza, quanto a minha gentil senhorita) ou circos de alvenaria, ao passo que os nossos são apenas de lona? E uma vez por ano, ainda por cima! E os saraus, onde é possível falar de arte, conhecer ministros e arranjar pistolões, condecorações, seja lá o que for! Pois bem, sim, adoro um pôr do sol, mas pintado por Corot, embora para conseguir comprá-los seja preciso rendas ou, na falta delas, vencimentos condizentes. É por isso que estou prestando o concurso do Ministério da Viação e Obras

SEGUNDA CARTA DE LUCIEN

Quinze anos depois

Querida marquesa,

Antes de mais nada, permita que deposite um ósculo nas róseas e mimosas unhas que arrematam o lírio de seus dedos! Muito, muito, muito obrigado, repito, arrojado a seus pés! O ministro é uma pessoa boníssima e entendemo-nos maravilhosamente. Acredito que de hoje em diante terei nele (os grandes trabalhadores sempre se compreendem) muito mais que um colaborador, um verdadeiro amigo, o que no dizer de La Fontaine, se não me falha a memória, é uma espécie rara. O Momesheim, das Construções Metálicas de Creusot, é-me inteiramente dedicado, e o negócio de minha linda engenhocazinha de triturar o entulho está se transformando numa ação da Bolsa de Valores como outras ações quaisquer da Bolsa. Certamente irei na segunda-feira. Como poderia recusar o prazer delicado de contemplá-la exercendo seus deveres de anfitriã? Não, nem pense nisso! Por que zombar do marquês? É um homem tão encantador! Dou-lhe minha palavra que o acho encantador. Concordo também com o Lautrec! Já que essa ninharia agrada tanto ao marquês, diga-lhe que terei imenso prazer em presenteá-lo.

Sempre aos seus pés, linda marquesa.

O seu fiel, ainda que um nadinha ciumento,

Lucien Perette

Conselhos de uma mãe a sua filha

PRIMEIRA CARTA

Minha querida filha,

Os Riminy-Patience de Lyon, graças a Deus, não têm nada a ver com os Riminy-Verglas de Nice, pelo menos ao que me consta. O mesmo se passa com os Bastide (Cooperativa Vinícola de Toulon) e os Bastide que você conhece (Bazar de Marselha). Será, Germaine, que você não compreende nada do que digo em minhas cartas? O que adianta eu escrever tão longamente? Repeti mil vezes que os Bastide de Toulon são da mesma família dos Bastide Óleos de Grasse, conceituadíssimos na região, donos de dois automóveis; ao passo que a sra. Bastide de Marselha é aquela perfeita entojada que eu jamais consegui engolir, uma Verdilhan de Argel. Realmente, querida, até um anjo perderia a paciência com você! Por acaso a memória de seu marido é tão curta quanto a sua? Não! Jules é um homem sério e positivo — a verdade seja dita.

Não serei eu quem incentivará você a frequentar os Bastide de Toulon, fique de sobreaviso. Aquela gente tem um filho no hospício, e nunca se sabe! Todos os médicos sérios estão aí para confirmar: ninguém perde o juízo, assim, de uma hora para outra, sozinho; a família sempre colabora de uma forma ou de outra, é preciso haver algum antecedente, alguma coisa, enfim! Eu, de minha parte, sempre tenho receio de que a sra. Bastide de Toulon avance contra mim ou cometa desatinos. Em todo caso, sempre que ela vem me visitar, todas as vezes, fico na defensiva. Tenho ao alcance da mão um objeto contundente e uma garrafa para me servir em caso de investida, e não perco nada do que ela diz.

Os Bastide-Bazar de Marselha têm um filho corcunda. A sra. Bastide-Bazar de Marselha é aquele entojo, porém não há nem sombra de comparação entre um filho maluco e um filho corcunda. Ninguém é obrigado a frequentar este ou aquele, mas dizem que os corcundas são muito divertidos em sociedade. Não sei se você se lembra dos Basset-Matador, uns amigos de seu pai que o fizeram beber absinto. Havia na sala de visitas da casa deles, no alto da lareira, um cromo grande que deixava você muito intrigada quando era ainda pequena. Representava um rei, um desses reis, um Henrique II ou III ou IV — você sabe que eu nunca me entendi com os números, graças a Deus. Uma mulher que se orgulha da própria elegância não precisa conhecer tanto quanto o contador de seu marido. Na verdade, é possível que fosse um Luís XII, quem sabe, ou um Felipe... pouco importa. O rei tinha às suas ordens um corcunda, estava eu dizendo, um corcunda amarelo-vivo, alaranjado, ou ouro velho, listrado de verde-água. Veja como me lembro de tudo até hoje. E o corcunda tinha um ar matreiro, mas tão matreiro! É o que posso dizer. Foi a única lembrança que restou, porque nunca mais retornei à casa dos Basset-Matador desde a morte de Marie Basset. Isto é para contar o quanto devem ser divertidos os corcundas, a prova é que eram recebidos no palácio daquele rei. Quanto a mim, sou muito, muito, mas muito supersticiosa mesmo, embora nem por isso me ache mais tonta que outra qualquer. É uma fraqueza, eu sei que é uma fraqueza: feliz daquele que só tiver esta. Dizem que os corcundas trazem sorte e eu passei a vida toda esperando a oportunidade de poder passar a mão pelas costas de um desses pequenos seres. Não fossem a minha boa educação, o meu ódio por aquele entojo da Clotilde Bastide e a revolta que me inspiram as pessoas de narizinho erguido como Arsène Bastide, eu seria bem capaz de frequentá-los, só para poder apalpar a corcova do filho. Sempre repeti para mim mesma que o rei daquele cromo devia ser tão supersticioso quanto eu. Então, minha querida, essa não foi a época das feiticeiras do tipo Catarina de Médicis, ou o caso dos venenos do tipo Concini e Alexandre Dumas, e de todos aqueles personagens meio criminosos, mas tão engraçados? Você está vendo como conheço história: e depois ainda dizem que as mulheres são ignorantes! Conte-me na próxima carta se você se lembra do cromo dos Basset-Matador. Aqueles que eram chamados naquele tempo de "bobos da corte" com certeza nunca foram parar no hospício. Cá entre nós, não consigo imaginar o filho dos Bastide de Toulon na corte dos reis de França; os reis eram bastante prudentes para não frequentar gente assim: um corcunda ainda passa! De todo modo, em casa minha não deixo entrar loucos varridos, e aconselho a você não frequentar nem os Bastide de Toulon nem os de Marselha. Em suma, não gosto de nenhum desses Bastide. Mas chega de tolices! Passemos ao que é sério.

Falei-lhe, minha filha querida, na carta do dia 15, dos Riminy-Patience, aqueles meus amigos de Lyon, e você responde que mantém relações, ou coisa que o valha, com os Riminy-Verglas de Nice. Não conheço os Riminy-Verglas, os tais vendedores de rolhas, e duvido que os Riminy-Patience, que têm uma fábrica de pregos em Lyon, e pertencem, por conseguinte, ao alto comércio aristocrático de Lyon, queiram fazer parte da mesma família de uns obscuros vendedores de rolhas. Eles têm o mesmo nome, é verdade. Mas não há vários burros na feira chamados Martin? E ainda que não houvesse vários burros na feira chamados Martin, ainda assim o lindo nome de Riminy, que remonta à mais alta antiguidade, uma vez que você mesma tocou ao piano uma ópera com esse nome, acho eu, ainda que fosse de uma mesma família, acaso somos obrigados a sair frequentando todos os membros da mesma família? Imagine, por exemplo, querida, se houver um ou mais amalucados na família Verglas, assim como na dos Bastide de Toulon. Veja, então, como todo cuidado é pouco com quem se frequenta. Seja o que for, minha querida, duvido muito que a sra. Riminy-Patience, sempre tão intransigente em matéria de etiqueta, mantenha relações com comerciantes de rolhas por atacado em Nice. Aprovo-a cem por cento! Por mais credenciais que se mostrem, sempre há alguém para nos passar a perna. A vida toda censurei a facilidade com que você se dá com os primeiros Bastide que aparecem, você, uma verdadeira Gagelin, porque enfim você nasceu Gagelin, não se esqueça. Quanto aos Riminy-Verglas, uma vez que sou honrada com a amizade da sra. Riminy-Patience, vou enviar-lhe o meu pequeno questionário e estou convencida de que responderá.

Mando a você um beijo, da mesma forma que às suas duas filhinhas e ao seu marido.

Viúva Gagelin

P.S. Minha pequena, para aquilo que você diz sobre a sua cútis, só há um remédio. Aplique sobre o rosto, todas as noites, uma compressa de dois escalopes de vitela. Faço isso há trinta anos e estou contentíssima. É melhor que todas as pomadas do universo e infinitamente mais simples.

SEGUNDA CARTA DA MÃE À FILHA

Querida,

As informações são ótimas, sim, querida; os Riminy-Verglas são verdadeiramente pessoas frequentáveis e gente de bem sob todos os aspectos. A esposa tem um passado um pouco suspeito, e a bancarrota do sr. Riminy-Verglas não deixa de ser misteriosa, mas, se fôssemos vasculhar tudo, o que não apareceria? Já se passou a esponja em cima desses pecadilhos e os Riminy-Verglas são recebidos por toda parte. Pense um pouquinho, meu anjo! São donos de toda a cortiça entre Le Lavandou e Saint-Raphaël, têm três automóveis e excelentes relações na Côte d'Azur. Não são vendedores ordinários de rolha. Obtive as informações da sra. Riminy-Patience, parenta da família no trigésimo grau apenas; o antepassado comum era professor primário em Lons-le-Saulnier por volta de 1804. Visitei essa senhora encantadora quando estive em Paris.

Segundo ela, uma mulher elegante, ao que parece, não pode mais dormir com a cabeça descoberta; é preciso uma touca de rendas. "Como", disse-me ela, quando me viu deitada, "a senhora dorme sem nada na cabeça, ninguém faz mais isso!". Saí às compras em Paris, então, e trouxe duas dúzias de toucas leves para você. Achei Paris tão escura e tão vulgar! Pouquíssima elegância até no teatro. Em suma, a cintura continua sempre indefinida e as saias mais estreitas embaixo que em cima, com tendência à meia anquinha e a tufar, principalmente os vestidos de noite. Muitos *tailleurs* e muitos casacos (capas ou redingotes) e, vez por outra, vestidos-casacos de gabardina, perlene e lãzinha que realmente deixam a silhueta mais delgada. Os casacos, claro, sempre acompanhados de um *renard* ou uma echarpe de pele, nem é preciso dizer, corte bem *tailleur*, quase justo na cintura, com abas godê. Veja como observei bem tudo, querida, senão o que iria fazer em Paris? Nenhum enfeite, minha filha, exceto as preguinhas casa de abelha no canto dos bolsos, as costuras em sutache com arremates de passamanaria, cordão trançado ou fita chintz. Adoro as golas altas, retas, de pele, você sabe, a forma russa! Fecho lateral com um pingente. Forram-se com a mesma pele as mangas e a barra do casaco. Lindo. Como caimento não há nada igual nem mais encantador; que distinção, realça a cor da pele, é magnífico! Encontrei uma senhora ainda bem moça com um *renard* prateado na *avenue* du Bois, e o chapéu enterrado até o pescoço. Deslumbrante! Era sublime! As saias estão com certeza mais compridas, minha querida, que pecado! Quando se é um pouco mais forte ou mais magra ou então já mais madura, as saias curtas remoçam tanto. Se você tiver mandado fazer algo neste momento, não se esqueça do cinto de verniz azeviche, bem soltinho, é o que há de mais *chic*; ou uma barra de pele, ligeiramente folgada, odalisca, um mimo! É importantíssimo. Também não se esqueça de que você deve abrir os vestidos-casacos com naturalidade, no momento de entrar num teatro ou num salão. Deixa-se aparecer então um falso colete com bordados bem fantasia, de gorgorão de seda ou jérsei, vivo, muito vivo. Você não faz ideia que surpresa divina. Os chapéus são da mesma fazenda que o casaco, fundo xadrezinho, até mesmo para mulheres de minha idade, com forro da mesma pele que o casaco. Trouxe para cada uma das minhas netas conjuntinhos de gabardina franzidos na cintura. A gola é enviesada, mole e muito alta, com um botão só, as mangas são pagode e a parte da frente formada por duas bandas, indo de uma manga à outra com um botão falso, porque tudo, evidentemente, é acolchetado por dentro. É muito simples: galão de mohair, galão de cetim, galão de mohair, galão de cetim na altura toda. Acompanham meias compridas, com botõezinhos de alto a baixo, um chapéu com fundo xadrezinho e uma fita vermelha ou creme. Não se esqueça, minha boneca, de que a elegância de uma mãe de família todo mundo reconhece pelo modo de se vestir das crianças e dos empregados, e de que nunca é cedo demais para habituar as meninas à coqueteria. Além disso, pergunto a você, nós teríamos ar de quê, saindo acompanhadas de macacos vestidos?

As contrariedades por que você está passando com as empregadas, minha pequena, são de dar dó; mas concorde comigo que um pouquinho da culpa é sua. Deixa-se enganar como o seu pai e tem o mesmo gênio. Se eu não estivesse lá no tempo de meu Gagelin!... Quanto mais liberdade se dá a essa gente, mais elas exigem. Na casa da sra. Riminy-Patience, as empregadas não têm um só dia de folga, com exceção de Finados. Para que tantas folgas? Será que elas têm necessidade de sair... uma empregada, ora essa! Para tomar gosto pelos passeios e depois não querer mais trabalhar! Era só o que faltava, realmente! Fiquei pasma com o rigor do serviço na casa de minha velha amiga de Lyon. Meio minuto basta para deixarem tudo pronto e a criadagem, graças a Deus, não tem tempo nem para se sentar. Às sete e três, os sapatos precisam estar engraxados, e que quantidade!!! Minha amiga fiscaliza pessoalmente sapato por sapato, e ai delas se algum estiver de qualquer jeito! A empregada é descontada, ou fica sem mistura no almoço. Às sete e dezesseis, o café da manhã deve ser servido na sala de jantar. Às oito e quarenta e cinco, as camas arrumadas e, às nove e meia, o assoalho da sala de jantar tem de estar tinindo, um brinco. E assim por diante, até às onze horas da noite, principiando às seis da manhã. E, acredite se quiser, ela é adorada por todos eles; ninguém quer deixá-la. A bem da verdade, queixam-se um pouco de que a mesa não é farta. Você acha que a sra. Riminy-Patience teria a coragem de alimentar mal os criados? Tem cabimento? Uma senhora tão distinta, seria o cúmulo! A verdade é que eles só pensam em comer, são uns sacos sem fundo. Você deve pensar, querida, que contar esses minutos todos é um pouco ridículo. Não se esqueça de que algumas pessoas jamais são ridículas, jamais, e a minha amiga é uma delas. A serventia dos minutos é fazer com que os criados não esqueçam o respeito à obediência e à disciplina. Ela pôs porta afora a cozinheira porque a encontrou sentada. O resultado disso é que, enquanto essa gente estiver totalmente cansada, não vai sobrar vontade alguma de se revoltarem e, já que eles não saem para a rua, não podem sair procurando colocação na cidade ou em qualquer outra parte. Não veem ninguém. Por mim, vou adotar o sistema e gostaria muito que você fizesse o mesmo.

A mesma coisa acontece com o seu marido! A sra. Riminy-Patience usou com o dela um método excelente. Nos primeiros tempos da vida de casados, a situação deles não foi fácil, longe disto, céus! Falaram até de separação; mas faz anos que o marido está domesticado, e ela, ótima. Sempre proibiu terminantemente que ele fumasse. Quando ela encontrava fumo, jogava fora; quando ele chegava fumando, ela tinha mal-estar. Jamais entrava em casa um amigo que não fosse simpático a ela. Ainda hoje, quando ele sai, deve prestar contas, minuto por minuto, daquilo que fez ou daquilo que disse. Está proibido de ir ao café ou ao clube, comprar o que quer que seja sem ordem; há livros e jornais que ela não tolera dentro de casa. Em poucas palavras, é uma mulher de opinião, e tudo na casa dela é de uma perfeita distinção e de uma perfeita elegância. Os homens são tão vulgares! Compete a toda mulher vigiar o marido. Se eu tivesse usado o mesmo método com o coitado de seu pai, não teria tido aquela existência de dependência que fez de mim uma mártir. Sejamos donas do nosso lar para não nos transformarmos em escravas ou na empregada-mor. A mulher é um ser de beleza e encanto a quem se deve obedecer, e não pede nada mais além disso. Se alguém desobedecer à sra. Riminy-Patience, ela tem um mal-estar, e isso mostra o quanto é esperta. Servimo-nos das armas que possuímos; e só podemos contar com a nossa fraqueza. Além do mais, as crianças, tendo o exemplo de uma disciplina de ferro diante dos olhos, não cogitam mais desobedecer, e sobra à mãe o sossego necessário para fazer dos filhos homens elegantes e agradáveis à sociedade, o que, em suma, é o ideal supremo da educação.

Um beijo carinhoso a minha filha.

Até breve,

Viúva Gagelin

P.S. Não vale a pena mostrar esta carta ao meu genro, evidentemente.

acham muito mais bonito que ela comunique às crianças o gosto *chic*, e arme a filha com alguns dos meios de defesa que as mulheres possuem contra os homens, por meio dos cuidados encantadores de seus dotes? A acusação de leviandade, já levantada, aliás, cai por terra instantaneamente; basta lembrarmos os conselhos dessa mãe a propósito da criadagem!

Eis que se revela a firmeza de uma velha dama, que não se deixa enganar pelo próprio coração e conhece o seu dever. Essa respeitabilíssima burguesa francesa é digna da admiração do universo. Dizem que as mulheres são exageradamente meigas! Meigas, meu Deus, sim, certamente, não digo o contrário! Porém, quando se trata de ordem, disciplina e economia doméstica, como sabem ser ferozes, e estão cobertas de razão! Pois bem, alguém me afirmou outro dia que são ridículas em matéria de etiqueta. Ora, se não fossem elas, alguém mais seria capaz de conservar os ambientes e valores que a burguesia conquistou a tão duras penas? Certamente não os senhores, cavalheiros, sempre de cotovelos na mesa, essa postura ignóbil, enquanto fazem negócios nos cafés. Além do mais, quando compreendem toda a serventia das honrarias e do dinheiro, é apenas para tirar vantagem. Pode ser que haja em consequência, aqui e ali, um pouco de desprezo injustificável, porém — Deus meu! — não se faz uma omelete sem quebrar os ovos! E até certo despotismo? Neste ponto, interrompo-os. É a questão do fumo que volta à baila. Pois bem, a partir do instante em que alguém está seguro de suas razões, o mínimo que se espera é que faça triunfar a sua opinião. Ora, o tabaco é nocivo, faz perder a memória, interrompe as batidas cardíacas e leva ao câncer. Na melhor das hipóteses, é desnecessário. Aprovo, pois, a sra. Riminy-Patience quando proíbe o uso dentro de casa. Aliás, o exercício do sacrifício nunca é inútil. Um homem deve saber sofrer. Não é ruim que uma mulher tenha autoridade no lar, de início porque é mais esperta que o homem, ninguém duvida, e, em seguida, há a questão da galanteria, da polidez, cuja influência civilizadora nenhum de nós, na França, suponho, teria a coragem de contestar.

E uma vez que tocamos no assunto, gostaria de dizer duas verdades a certos misóginos que aviltam as mulheres por toda parte, vingando-se por não saberem agradar a elas. Já ouviram semelhantes grosseirões proclamarem que a mulher é um ser ridículo, de exageros, que só pensa em luxo e prazer etc. etc.? Exagero! Alto lá! Esses homens jamais foram capazes de se entusiasmar por nada! "O sinal de um espírito medíocre é louvar mediocremente", disse La Bruyère. Acreditem-me! Extasiar-se com a forma de uma "gola enviesada, mole e muito alta, com um botão só" é também ser capaz de extasiar-se em prol das mais nobres causas. Quem pode menos pode mais. "A gola enviesada, mole" não é uma bagatela, é levantar a questão inteira do luxo. Cáspite, como se o luxo não fizesse a fortuna de um país! Apreciar o luxo é símbolo de grandeza de alma. Julgar as pessoas pela quantidade de luxo que ostentam é julgar a própria capacidade que têm de ganhar dinheiro, e ganhar dinheiro, no fundo, é o que conta na vida, não? De mais a mais, com que outros meios poderíamos avaliar as pessoas?

Bem sei que, ao inocularmos o amor pelo luxo em nossas crianças, podemos levá-las ao desânimo, e as meninas em particular, ao adultério, ao divórcio, à aversão e ao abandono dos filhos. Bem entendido! Porém, se os senhores enveredam por esse rumo, tudo se encaminha para o que disseram. E a miséria então: todos nós conhecemos de cor a promiscuidade dos cortiços, os dramas da pobreza, a virtude dos pobres. Com os diabos! De que estão falando? Vamos! Acreditem-me, são as mães que têm razão! Estejam seguros de que nada substitui a experiência dos cabelos brancos, e a pesada filosofia alemã dos senhores pouco acrescentará às nossas faculdades de intuição, de adivinhação, de impressionabilidade etc. — prodígio puro! —, aos nossos rancores e aos nossos amores inexplicáveis, porém sempre preventivos, tudo dissimulado sob aparências de frivolidade. Disse um grande homem: "Uma mulher de espírito tem todas as qualidades de um homem de bem, e ainda de sobra os encantos de uma mulher", e toda mulher é, mais ou menos, uma mulher de espírito.

Sim, a viúva Gagelin é uma mulher de espírito. Isso eu não nego. Seja como for, ela gosta de se divertir. A palavra "divertido" é repetida dez vezes em suas cartas. Ora, gostar de se divertir não é, como se poderia acreditar, sinal de falta de reflexão ou de consciência, mas, muito pelo contrário, símbolo de uma grande profundidade. Quantos gênios ilustres gostaram de se divertir, sem deixar de ser, certamente, gênios. Até vários de nossos ministros gostam de se divertir. E então?

Concluindo, cavalheiros, peçam sempre conselhos à sua esposa antes de agir, e também à sua sogra, caso se pareça com a viúva Gagelin. E, sobretudo, só deem ouvidos a ela ao se tratar de elegância — o patrimônio sagrado da França.

Caridosos laços de família

CARTA À SRTA. ADÉLAÏDE BERNARD

Clos-René, proprietária.
Le Blanc-Sainte-Même, estrada de Guéret (Creuse).

Tia,

Previno-a de que pare imediatamente com as calúnias que anda apregoando a meu respeito, caso contrário, sua megera velha, caso contrário darei queixa ao procurador da Justiça. Que diabo significa isso? Nem agora que está velha a minha tia deixou de ser tão destrambelhada quanto no tempo em que era jovem? Então fui eu o autor do assalto à porcaria da sua casa, esse pardieiro sujo? Fiquei sabendo, pois sim, por meio de uma carta da Virginie e do Léon, que a propriedade de Le Blanc-Sainte-Même foi assaltada e que roubaram a senhora também! Disseram que a minha tia saiu correndo pelo campo afora, de camisola. Foi bem feito e, com essa sua fama de unha de fome, mais dia menos dia isso acabaria acontecendo. Estou pouco me lixando e só lamento pelos seus herdeiros, já que a senhora teve prejuízo de uns 20 mil francos e perdeu suas bugigangas, mas isso é lá com eles! Essa é boa! Então quer dizer que eu é quem estava dentro do carro! Era eu o homem mascarado que meteu o revólver nas suas fuças. Ah! megera velha, sorte sua eu não estar morando em Le Blanc-Sainte-Même, porque na mesma hora eu lhe teria feito uma visita, em plena luz do dia, pode crer. Onde é que já se viu um disparate desses? Desde quando a senhora tem o direito de lançar acusações sobre as pessoas, ao acaso? A minha tia não perde por esperar, pois o Tribunal de Justiça há de obrigá-la a engolir os seus mexericos; é para ele que vou apelar, já que as suas razões são mais estapafúrdias que a sela de um burro no lombo de um porco. E se eu decidir marcar o casamento em Le Blanc-Sainte-Même? Faz dez anos que se vem combinando isso, como a minha tia bem sabe... No entanto, as linguarudas de marca como a senhora não medem o peso das palavras. Felizmente, o Tribunal de Justiça de Guéret está aí para ensiná-la de uma vez por todas!

Estou bastante curioso para saber em que a senhora se baseou para fazer semelhantes suposições, sua velha infame! Há quase vinte anos fui banido para a África nos batalhões disciplinares. Ora bolas! E daí? A senhora então imagina que todos os soldados que estiveram na África sejam capazes de sair assaltando velhotas, até mesmo alguém como a minha tia, a ruindade em pessoa? Parece que sim! É o tipo de coisa que passa pela cachola dos moradores de um lugarejo como Le Blanc-Sainte-Même, embora eu parta do princípio de que há mais gente honesta nos batalhões da África do que todos esses seus hipócritas juntos. A senhora não faz ideia do que seja a disciplina militar. Há vinte anos, preguei um bofetão num sargento. E daí? Isso lá é razão para me apontarem o dedo na rua, todas as famílias, Bernard, Mauguin, Borderel e os Bachet? Ora bolas, de quem é a culpa por eu ter esbofeteado um sargento, hein? A culpa é sua, o pão-durismo em figura de velha. Se tivesse pensado em ajudar o filho de sua irmã, órfão, a terminar os estudos ou a aprender um ofício, em vez de só pensar em comprar alqueires e mais alqueires de terra, eu não me veria obrigado a assentar praça, sem saber o que fazer mais tarde, sua bruxa velha! Hoje em dia, a minha tia imagina que eu seja um caso irrecuperável porque há dez anos eu estive quebrando pedra em Biskra. A senhora é uma mentirosa, uma descarada e uma velha imbecil, e isso é o que de melhor eu posso dizer.

A Virginie e o Léon escreveram contando que não ficarei com um centavo seu de herança, que é assunto encerrado, porque a senhora guardou o usufruto da propriedade e passou a escritura para o nome de uma família Legendre. Que bela porcaria receber uma herança, se nos obrigam a entregar tudo ao Estado, oitenta por cento e mais as despesas. Conhecendo-a como eu a conheço, a senhora pode imaginar que jamais esperei um único centavo seu. Disse isto a várias pessoas, tanto de Le Blanc-Sainte-Même como de fora: "Minha tia Adélaïde não deixará um tostão furado para os sobrinhos!". A senhora odiava a mamãe porque ela se casou e a senhora ficou para titia. Além do mais, a senhora nunca perdoou meu pai por ele ter gastado tudo o que tinha com as invenções dele. Uma linguaruda de marca como a senhora não perdoa nunca uma coisa dessas. São os filhos depois que inevitavelmente pagam o pato. Portanto, ninguém vai me levar na conversa com histórias de herança, seja lá quem for. A Virginie e o Léon podem continuar espumando de raiva à vontade porque a senhora deixou suas terras para gente estranha, bajuladores na certa, que nem da nossa região são! Eu jamais contei com nada; por que é que me importaria então? O cúmulo é a senhora ter feito seu sobrinho passar por ladrão, em vez de ajudá-lo a se reabilitar depois de um mau passo. Mas, família ou não, isso não me pesa mais hoje em dia.

Pois bem, vou dizer uma única coisa, não contei com ninguém para me reabilitar, pois tenho uma boa situação como representante comercial na região de Périgueux. Entretanto, a senhora não percebe, mulher desgraçada, que a Marie Brenneur podia ter-se casado comigo, ela que me esperou dez anos! O que pretende com essa azucrinação idiota? Oh! Deus do céu, o que fiz para me ver nesse apuro, no momento de me casar com a Marie Brenneur, que ficou dez anos à minha espera! Agora, ela não vai querer saber mais de mim, um assaltante! Olhe o serviço que a senhora fez, sua solteirona desmiolada! Mas a minha tia não perde por esperar! Vou escrever à família dela nos devidos termos. Quanto ao seu comportamento, isto é calúnia, ou já nem sei mais o que digo. Mas deixe estar, que para isso existem os tribunais. Por ora, comece a tremer, porque os oficiais de justiça, sua linguaruda de marca, vêm aí e vão transformar a sua vida em um inferno.

Não envio saudações, velha parva.
Seu sobrinho,

Albert Delacour
Representante da casa Hippolyte Marchenoir e filhos,
Boulevard de la Gare, 4, Périgueux

P.S. Quanto à Virginie e ao Léon, devo também dizer que algo me cheira a patifaria. Se não fosse assim, por que teriam esperado três anos para comunicar o caso?

na região de Guéret! É o que foi sugerido pela hipótese pérfida do sobrinho. Quão misteriosos assaltantes! Eu fui informado do caso, não pelos tribunais, que vão ignorá-lo para sempre a despeito das ameaças de um sobrinho ferido em seu amor-próprio, mas por intermédio de um dos moradores de Le Blanc-Sainte-Même, onde possuo algumas terras para o lazer. Que horror! Temo que jamais conheçamos ao certo os autores do assalto a Adélaïde Bernard. Toda gente dorme a sono solto em Le Blanc-Sainte-Même e não houve uma só pessoa a ter visto, mesmo em sonho, o automóvel criminoso antes do delito. Depois, bem, depois é outra história, foram vistos vários automóveis acima de qualquer suspeita, o automóvel de um deputado de Guéret, o automóvel do médico de La Mâlerâye, o automóvel do sr. Dégany, o vendedor de cordas. Ninguém imagina a quantidade de carros a transitar por uma estrada inocente na manhã seguinte de um assalto. Depois que os telefones e o telégrafo começaram a funcionar, restou apenas um veículo suspeito nas estradas transitáveis que vão de Le Blanc-Sainte-Même a outras localidades, apenas o veículo que foi detido em Clermont. Vejam a serventia do telégrafo e da guarda civil! Bela civilização! Realmente, é uma desgraça que nossos antepassados não tenham conhecido tantas comodidades. Restou, por conseguinte, um carro apenas, conduzindo quatro senhoras idosas, com rosto enrugado e encardidas, três senhoras levando uma quarta, moribunda, não se sabe aonde. Não ousaram revistar os amplos capotes negros que pareciam batinas, nem importunar uma moribunda e três senhoras de bem. Nem eu poderia deixar de aprovar tamanha discrição: o respeito ante a doença e a morte é o último que restou em nossa sociedade feroz. Não contribuirei, culpando nossa excelente polícia, em retirar esse supremo pudor às gerações atuais.

Eu disse que não puderam encontrar os ladrões, e essa é a verdade nua e crua. Portanto, não leiam o final para conhecer a conclusão do caso. Não estou escrevendo um romance, nem arquitetei um mistério para proporcionar-lhes a alegria de vê-lo dissipado. Um policial de Clermont está persuadido de que as quatro senhoras eram quatro homens disfarçados.

"Por que então não pediu seus documentos?", perguntou o lugar-tenente. "Ah! Não pode responder? O agente falhou. Vamos encontrá-los, nesse caso, e reparar a negligência."

E o telégrafo funcionou, o telefone também, e um bando de investigadores e policiais pôs-se em movimento. Pois sim! Acabaram encontrando o carro, porém só com o chofer. Era um chofer meio apalermado, que dirigia um carro de aluguel. Segundo ele, em Riom, as senhoras tomaram o trem de Paris. E o caso está "arquivado", arquivado como tantos outros casos! Oh! público, não conhecereis jamais o número de casos que foram arquivados, porque só se fala daqueles que não o foram, o restante é bem depressa silenciado. Façamos como a polícia, arquivemos o caso de Le Blanc-Sainte-Même! Arquivemos! Arquivemos!

Virginie e Léon Bernard moram em Le Blanc-Sainte-Même. São negociantes atacadistas de farinha, fosfatos e outros diferentes produtos químicos e naturais. *Farinhas e Fosfatos Léon Bernard e Cia. Atacado e Varejo. Encomendas-Exportação.* São os sobrinhos de Adélaïde Bernard, conhecidos há tanto tempo na região.

"Que coisa esquisita terem encontrado o Albert Delacour em Guéret e o primo não ter vindo sequer nos fazer uma visita. Porque, enfim, por mais que o fulano não preste, é alguém da família, não?"

Eis o que disseram aqueles velhacos! Eis o que disseram os primos pérfidos! E disseram ainda:

"Tudo leva a crer que o primo ganhou uma fortuna, pois está de automóvel. Ultimamente, tem sido visto à noite de automóvel."

Que fique bem claro, não é com a tia Adélaïde que conversavam. Percebam que a tia poderia acusá-los de provocar o descrédito de um co-herdeiro, aumentando a parte deles. Não! Não! Eles plantaram a semente da boa palavra em solos férteis, fertilíssimos, solos que rendem cem por cento; plantaram a boa palavra nos ouvidos de Amélie Vaillant, a devota donzela que distribui os anúncios de enterro e sai jogando conversa fora em todas as portas, e ainda mais nos ouvidos de Louise Simon, que trabalha como costureira por dia em casa das famílias ricas. "Essa costureira não tem a língua cerzida" — é o que se diz de Louise Simon. O fato é que ninguém sabe mais sobre as novidades que Louise Simon. As duas senhoras acrescentaram muitos comentários úteis. Virginie Bernard dizia ainda sobre o primo ausente e inocente:

"Albert Delacour não anda em boa companhia. Tem sido visto junto com três homens mal-encarados!"

Ora, por ocasião da visita de Ano-Novo, tia Adélaïde dizia aos sobrinhos Virginie e Léon:

— Meu Deus, crianças! Por que não me avisaram que o Albert passou por Guéret?

— Não queríamos magoá-la, titia, com a lembrança daquele infeliz.

— Conheço poucas e boas dele, meus filhos.

— Oh! Queira Deus que não tenha feito uma das suas besteiras!

— Eu me recuso a acreditar que ele tenha roubado sua tia, porém...

— O Albert não é má pessoa, mas tem um gênio muito esquentado — disse Virginie.

— O que fez ele depois de ter tido baixa da tropa na África? Oh! Nada de bom, provavelmente; caso contrário, ficaríamos sabendo! — completou o pérfido Léon, que sabe muito bem, pelas conversas dos caixeiros-viajantes, que Delacour é seu colega de profissão.

Voai! Voai meses e semanas! Voai meses e dias do mês. O sol se levanta e se deita, e sobre a terra fazemos o mesmo. Vivamos o nosso dia, que amanhã outro virá. A primavera buliçosa faz crescerem delicadas florezinhas cor-de-rosa nos canteiros de tia Adélaïde. O verão, insensivelmente, deixou as árvores carregadas de frutas em volta das terras que pertencem à tia Adélaïde. A tia Adélaïde passeia com o sr. Legendre; ela endireita uma roseira: "Segure a minha sombrinha, Legendre!". Ela medita diante dos tomates, declara que as abóboras não vingarão por falta de chuva. Um domingo, os sobrinhos estão por lá: "Decidi já há algum tempo deserdar o Albert. Albert! Albert Delacour está deserdado". A srta. Adélaïde sorri. O sr. Legendre sorri. Oh! mal se percebe! Mal se percebe que o sr. Legendre sorriu; sorriu como uma pétala de rosa roçada por uma abelha.

— Que a titia tenha misericórdia desse pecado — disse a hipócrita Virginie. — O Albert Delacour cometeu o roubo porque é paupérrimo.

— O que está dizendo, Virginie! Considero o Albert um facínora, ele merece as galés. A gente perdoa o roubo de um pão, minha filha, mas não se pode perdoar o automóvel e o revólver. Oh! obrigar-me a correr de camisola pela estrada de La Mâlerâye. Não, essas são coisas que deixam qualquer família arrasada!

Pobre Albert! Nem sonha com todas essas imaginações fantasiosas. A cabeça de Adélaïde Bernard tinha funcionado muito naqueles últimos meses. As nossas velhas donzelas, em geral tão sensatas, acabam por descobrir bastante imaginação quando estão em jogo os interesses e os sentimentos, portanto, azar de quem cair nas garras delas, caramba!

Eu disse que era um domingo. Sim, foi num domingo que a srta. Adélaïde Bernard falou do testamento. Ora, na segunda-feira seguinte, os Bernard (fosfatos) deveriam ir ver o tabelião, amigo deles, o dr. Dutilleul advogado.

— Enfim, depois de economizar por tanto tempo, ela deve estar bem rica. Albert Delacour foi deserdado, ela própria nos disse ontem.

— A fortuna de minha cliente rende exatamente 23.174 francos por ano. Estou autorizado a dizer a vocês, enquanto clientes. Contudo muito confidencialmente, já que são meus amigos, devo dizer que minha cliente fez doação das terras para a família Legendre, ficando obviamente com o usufruto, para evitar as despesas de sucessão.

Que desgraça, meu Deus, ter montado aquela maquinaria toda, ter usado um camarada de regimento para assaltar a própria tia, acusar o co-herdeiro, fazer tantos gastos na execução, para um dia uma breve frase de tabelião dizer: "Inútil! Crime inútil! Mal inútil!". (O mal é sempre inútil.) Oh, consciência!, o quanto nos fazes sofrer quando não te obrigamos mais a calar! Em nossos almoços, em nossas soturnas vigílias de cônjuges sem filhos, em nossas noites em branco, quantos projetos outrora, quantas intenções

44

firmes: "Virginie, assim que vendermos o comércio, para onde vamos nos retirar então, no pardieiro da velha ou em sua terra natal lá em Montargis?".

— Léon, é melhor ficarmos em Le Blanc para tomar conta da fazenda.

— Há o notário, Virginie.

— Todo mundo sabe o que são terceiros.

— Você não prefere Paris a Montargis?

— A gente não poderia ter automóvel em Paris e não abro mão do automóvel. Que tristeza, meu Deus, uma pobre breve frase de notário surgir para acabar com uma vida! Pobre breve frase crudelíssima! Pois bem, a lâmina que traspassa um peito também é uma lâmina curta. O cutelo da guilhotina que castiga os criminosos machuca ainda mais por não ser grande. Sim! As grandes dores são mudas quando pressentimos nelas os castigos do céu, e Baltazar, desafiando o seu Deus à mesa, emudece diante das letras de fogo na parede: MANE, THECEL, PHARÉS. Léon, cujo rosto moreno tende para a cor dos negros, ao deixar a casa do notário estava café com leite. E Virginie, a silenciosa Virginie! Virginie, que jamais chorou em sua vida, uma lágrima redondinha, vez por outra, pulava de seus olhos. Em Le Blanc-Sainte-Même, temos energia elétrica; gás ainda não chegou, porém energia elétrica sim. Não é o momento de contar de que forma a energia elétrica veio parar até aqui; poderia ser o assunto de uma história à parte; por ora, não quero abandonar Virginie e Léon. Virginie, ao ligar o interruptor, raramente perdia a ocasião de reparar, à custa do prefeito rotineiro: "Puxa, acabamos conseguindo, vejam o que faz a paciência" ou então "que o prefeito ilumine a sua casa com querosene, se lhe der na telha, mas luz é outra conversa!". Hoje, porém, ao acender a lâmpada sobre a caixa registradora, Virginie estava como morta. Nem uma palavra! Nem uma palavra contra os Legendre! Nem uma palavra contra a tia! Ela abaixou-se e tomou na escrivaninha uma folha de papel comercial timbrado: *Farinhas e Fosfatos Léon Bernard e Cia*. Pegou a folha como uma morta pegaria uma folha, se acaso uma morta pudesse pegar uma folha, e escreveu! Escreveu

como uma morta escreveria se uma morta pudesse escrever. Léon
está de pé atrás de Virginie; eles não se olham, não se falam, Virginie escreve:

Ao senhor Albert Delacour
Representante de comércio
Casa Marchenoir, Périgueux.

Querido primo,

Venho comunicar que você não receberá um tostão de sua tia, porque tudo foi doado. Uma família, que nem da nossa região é, ficou com
tudo. Os Legendre! E a titia guardou o usufruto. Venho comunicar que
você foi jogado aos cachorros pela titia, porque, em consequência do
assalto ocorrido há três anos, aquela velha louca teve o topete de envol-
ver você e jogar a culpa do assalto em suas costas. Provavelmente, você
nem soube que eles vieram e puseram o revólver nas fuças dela, quatro
homens mascarados. Tomaram as joias de família e 20 mil francos em
dinheiro e fizeram-na, depois disso, sair correndo de camisola pela estrada de La Mâlerâye. A polícia não conseguiu agarrar os ladrões. Agora, a velha doida tem o topete de dizer que foi você quem armou o golpe.
Léon e eu pensamos que isso poderia prejudicá-lo, se você ainda tiver
intenções com a Marie Brenneur. Você já não era muito bem-visto depois do caso do regimento. Porém Léon e eu pensamos que há maneiras
de poder fazer com que essa velha louca engula a língua dela direitinho.
O tribunal não está aí para brincar e seremos testemunhas, porque ela
repetiu muitas palavras de acusação que poderiam custar caro a ela, e
você pode perfeitamente provar que nem ao menos veio à região e obrigá-la a desembolsar as perdas e danos.
    O Léon manda um abraço, da mesma forma que eu.
    Sua prima,

Virginie Bernard

— Por que você escreveu essa carta? — perguntou Léon.

— Pela vergonha que ela vai passar no tribunal se tiver de desembolsar as perdas e danos; é sempre algo a menos para os Legendre.

O sr. Legendre dizia à tia:

— Seus sobrinhos foram até a casa do notário averiguar os seus bens. Eles têm mesmo amor pelos cobres da senhora.

— Recebi uma carta do Albert Delacour que me deixou pensando. Se ele for mesmo inocente, minha culpa para com ele é enorme. Que ideia tive eu de acusá-lo!

— Foram os Bernard-Fosfatos que meteram isso na sua cabeça. Não gostaria de aumentar ainda mais o seu desgosto com a família, uma vez que, entre a árvore e a casca, como se diz, não se põe o dedo; porém Virginie e Léon são capazes de qualquer coisa.

— Será que eles montaram o caso do roubo para acusar o Albert?

— Não ponho a minha mão no fogo.

— Que tristeza para uma pobre mulher estar sozinha no mundo, meu Deus!

— Nós estamos aqui para protegê-la, querida amiga.

— Oh! Não duvido da afeição de vocês, mas dizem com razão que o dinheiro não traz felicidade, e até infelicidade ele traz.

A tia respondeu à carta de Albert Delacour, dizendo que foi injusta com ele, que enviava um anel de brilhante que vinha da prima Élodie, que lamentava ter deixado aos Legendre os seus bens, que iria ver a família de Marie Brenneur para arranjar o casamento.

Não houve casamento.

Deram boas risadas juntos no café

Charles!

Depois do ocorrido, sinto necessidade de escrever a você. Lá se foi o tempo das cambalhotas na praia, o ponteiro do nosso coração já marca uma hora mais grave. Você entendeu, Charles! Disse um autor cujo nome me escapa: não se caçoa do amor! Você caçoou do meu. Nem piano mais tenho, e por quê, ou antes, por culpa de quem? Uma mulher pode decorar sua casa com três tipos de mobília: a alegre, a sóbria ou a de estilo. Você não aprovava os móveis laqueados de branco! A responsabilidade pela mudança foi sua: a minha mobília era alegre. Começamos fazendo gracejos com as sombrinhas na praia; hoje você diz que fui um peso no seu destino e que devia estar trabalhando na Cargas-Reunidas. Pensa que foi fácil reformar a mobília toda porque você não aprovava o laqueado branco? Vender o meu piano, já que não resisto à vontade de arranhar umas notas no teclado? Você me disse: "Você rompeu minhas relações com mamãe para o resto da vida". Charles! Você está se esquecendo de que eu, por sete meses a fio, fiquei sem deixar entrar um ovo na sala de jantar sob pretexto de que você não pode ver ovo sem lhe virem ânsias de vômito? Eu tenho o espírito do sacrifício, Charles, sou loura! Você sabe que o meu louro não deve nada a artifícios de cabeleireiro. Todas as louras têm espírito de sacrifício, dizia um amigo meu — um daqueles que você afugentou com seus deboches. Era um homem encantador e recitava monólogos de maneira deliciosa. Ele dizia também que os cabelos naturalmente ondulados são sinal de paciência. Portanto, veja o quanto ele era inteligente! Você pôs a minha arrumadeira porta afora, ou praticamente isso. Não aprovava a moça. Eu tinha uma toalha de mesa, toda de veludo de Gênova: está no sótão de minha casa em Tréport porque você a queimou com um charuto. Você imagina uma mulher elegante conservando uma toalha de mesa queimada? Nunca, Charles! Justiça seja feita, você andou Paris inteira à procura de um tecido parecido com o de minha toalha. Achou? Não, Charles, você não achou. O que fazer a partir de então? Hoje, você diz: "Pelos seus belos olhos, deixei escapar um dote de casamento de 413 mil francos!". Charles, em vez de mostrar gratidão diante da nobreza de meus sentimentos, você vem com reprimendas! Não, eu jamais consentiria que o homem que amava, que ainda amo, se tornasse vil aos meus olhos de mulher! De onde saiu aquele dinheiro? Eram lucros indignos da reputação de um homem um pouco... A pureza do meu amor salvou você da infâmia. Entretanto, acredita que eu não conheça seu pouco-caso com as mulheres? Acredita que eu não tenha padecido em meu amor-próprio? Acredita que eu não padecia com seus atrasos de vários minutos, e sua falta de consideração por uma mulher livre e amorosa, uma mulher que se entregou a você, orgulhosa de enganar um homem que não mais amava com outro, por quem ela se sacrificou?! Você, Charles, graças a Deus, algumas vezes teve tato e jamais me censurou por eu ter rompido uma amizade tão proveitosa. Porém, escute, Charles, eu dispenso o tato. Sou mulher, e mulher é um ser de paixão irrefletida. O Aristide, que abandonei por você, era um homem de futuro, e você jamais conseguiu entrar para a Cargas-Reunidas, apesar do diploma de bacharel em direito. Não o estou censurando, porém não venha falar de sacrifícios a uma mártir do amor! Não tem direito de queixar-se, enquanto eu nem mesmo um pobre piano tenho mais para poder cantar com o coração dilacerado. Pois compre um piano novo, você é capaz de retrucar! Os pianos hoje custam um despropósito, e quem me traria de volta aqueles dedos de colégio de freiras para percorrer o teclado! Se assim é, para quê, então? O mesmo aconteceu com as plantas do apartamento. De que eu não teria sido capaz para não me desfazer da araucária? Você não aprovava minha araucária. A tal ponto que tive vontade, como se diz, de encostar a faca em seu peito, ou ela ou eu, ou então nada! Mas eu o amava, e sou mulher de tato. Tenho horror ao ridículo. Confesso ter amado você a ponto de abrir mão até de meu gosto artístico. O gosto artístico, entretanto, Charles, enobrece a existência feminina, é aquilo que nos distingue do animal. Ah, não, foi-se o tempo das cambalhotas, foi-se, foi-se o tempo dos gracejos por causa da sombrinha. Você me tiranizou, e só agora posso avaliar o quanto. A pura verdade é que o Amor é cego.

Você escreveu: "Fui escorraçado de sua vida depois de você ter arruinado a minha!". Adoro o seu modo de escrever e vou conservar todas as suas cartas apesar de ser imprudente, mas ninguém tem nada com isso. Entretanto, desde quando o escorracei de minha vida? Acaso não foi você quem foi embora quando o Aristide voltou? Você diz que o Aristide é de novo o meu amante. Que provas tem você? E ainda que tivesse provas, o que isso provaria? O Aristide voltou porque não mora mais em Montfort-sur-Meu por causa de desavenças com a família da mulher dele. O Aristide é meu grande amigo; se acaso ele fosse — apenas uma suposição — o que chamam de "um amante", pergunto se isso seria motivo para você me censurar por ter arruinado a sua vida. Sou porventura uma dessas mulheres que arruínam a vida de um homem? Quem disse que sou mulher sem coração? Quando me viu fazendo sofrer seja lá quem for? Já não me viu dando esmolas? Deus do céu, basta apenas perguntar aos meus empregados como são tratados dentro de casa! Não fechei os olhos quando notei que a Maria Vaillant me roubava? Acaso não arrumei o casamento da Yvonne com o cocheiro da sra. Protaize? Não pago uma pensão à mamãe? Não consegui um emprego para meu irmão Édouard? Não contribuí com 200 francos para os acidentados do paquete *L'Élan*? Então? Quais censuras tem você a me fazer quanto ao coração? Depois disso, acha que eu seja mulher capaz de arruinar a vida de um homem? Oh! Não! Lá se foi o tempo das cambalhotas e dos gracejos com sombrinhas! Nós estamos diante da vida como dois infelizes, vítimas do amor. E agora! Julgue-me! Não, Charles, minha casa não está fechada para você, acredite. Será sempre um prazer quando vier me ver. Acredite, o amor que restou em meu coração vai fazer esquecer a crueldade de sua última carta e sua atitude.

Aquela que será sempre a amiga,

Anna Bourdin

estimava-a tão pouco. Não fale então de gosto artístico. No que toca à araucária, garanto que o seu gosto artístico — inegável — nada tem a ver com o presente de Aristide. Também não nego suas qualidades de coração, mas devo fazê-la notar que arruinar a vida de um homem ou fazer caridade ou deixar de fazer não provém de um mesmo compartimento do cérebro ou do coração? Você sabe tão bem quanto eu. Você não é inocente a esse ponto — não se trataria, aqui, de um pouco de, como dizer, má-fé? Charles queixa-se de você ter arruinado a vida dele. Vamos logo mais examinar a afirmação. O que gostaria de responder? É difícil. Vai negar que arruinou a vida dele? Se fosse mais maldosa do que é, iria se sentir lisonjeada em ter podido arruinar uma vida (algumas mulheres têm essa força), mas você não é maldosa. Se fosse tão boa quanto pretende, acharia dentro do coração palavras meigas de consolo. Entretanto, você, antes de mais nada, é indiferente, e só Deus sabe até onde vai a indiferença de uma mulher que não ama mais. Em sua indiferença, você precisa demonstrar virtude.

Passemos a Charles. Charles não admite, nem quis jamais admitir, que está sujeito a enjoos em alto-mar. Quando ofereceram na Cargas-Reunidas uma colocação que o obrigava a viajar pelos cinco cantos do mundo, Charles, que gosta de drama, veio chorar nos braços de Anna Bourdin, jurando que nunca se separaria dela. Anna Bourdin acariciou, toda comovida, aquela cabeça calva. Charles agora censura Anna por ter sido uma pedra em seu destino. Charles é bastante injusto. Charles disse a Anna: "Você rompeu minhas relações com mamãe para o resto da vida". Há alguma verdade na asserção, embora muito indiretamente. A mãe de Charles, uma noite, repreendeu o filho por sair de casa diariamente depois do jantar. Charles retrucou que não era mais criança. A mãe de Charles quis levar Charles à casa dos Talabardon, gente relacionada com muitos deputados. Charles, que estava sendo aguardado por Anna, recusou acompanhar a mãe. Sua mãe disse chorando: "Filho, confesse que está amigado!" — "E ainda que estivesse! A mamãe bem sabe que não posso me casar, mal temos com que viver, nós dois. A senhora acha que vou viver como um monge?". Assim que a mãe de Charles se sentiu mal, ou quase, Charles botou o pé na rua e foi morar na casa de Anna Bourdin, até *"achar uma saída"*. Pelo que precedeu, vê--se que Anna Bourdin não é, por assim dizer, responsável pela desavença do melhor dos filhos com a mais afetuosa das mães.

Falemos do casamento de 413 mil francos! O casamento não existiu nem em projeto nem de outra forma qualquer. O dia em que a mãe de Charles soube que a srta. Talabardon havia recebido 413 mil francos da avó, que também era sua madrinha, enfiou na cabeça que o filho valia toda aquela fortuna por sua inteligência e distinção, tanto nativa quanto adquirida. Emitiu o juízo diante de Charles inúmeras vezes, e Charles assumia ares de ginasiano punido. Um dia, declarou à mãe que não se casava porque não gostaria de dever sua fortuna à mulher. Charles foi contar a Anna Bourdin que queriam casá-lo por 413 mil francos e que se recusou porque só amava a ela. Ajuntemos, em nome da verdade, a resposta de Anna Bourdin: "Aceite apesar de tudo, querido, você não será o primeiro marido com segundas intenções amorosas a jurar fidelidade diante do escrivão". Hoje em dia, Charles escreve a Anna: "Por seus belos olhos, deixei escapar um casamento de 413 mil francos!". Anna, hoje em dia, responde: "De onde saiu aquele dinheiro? Lucros indignos etc.", cobrindo de opróbrio a honradíssima família dos Talabardon.

Acabemos com isso. O que vem a ser Aristide? Quem era Aristide? Quais são as relações de Aristide com Charles? Aristide tem terras em Montfort-sur-Meu, e é membro da família Talabardon. Charles conheceu Anna Bourdin por meio dele: "Encontrei uma mulherzinha, meu velho, se você visse... uma mulher de sociedade e não uma qualquer. Qual nada! Uma mulher inteligente, pianista". Durante algum tempo, Charles foi o número três e servia de distração para um casal entediado. Um belo dia, houve silêncios. Aristide compreendeu que se tornara um estorvo e, como foi obrigado a partir para Montfort-sur-Meu, desapareceu como um homem galante. Quando voltou de Montfort-sur-Meu, caiu na casa de Anna e em seus braços. Charles, que não é imbecil, adivinhou ou compreendeu. Como tivesse naquele momento, segundo sua expressão, um *romancete com alguém*, foi indulgente para com o de Anna até o dia em que a heroína do seu *romancete com alguém* se tornou ciumenta. Ele encheu-se de dignidade e passou a falar com amargura de Aristide. Todavia, os cavalheiros permaneceram sempre ótimos amigos, com a graça de Deus! Charles até leu para ele a carta aqui reproduzida. Deram boas risadas juntos no café! As mulheres que se comportam mal são desprezadas até pelos homens que mais as adularam A bem da verdade, as mulheres pouco se importam com os homens. Só mesmo o diabo é capaz de tirar algum proveito desses costumes todos.

Carta de uma jovem operária de fábrica ao filho do patrão

Senhor Fernand,

Minha tia Jeanne diz que o sofrimento faz a gente pensar melhor; então é seguro e certo que estou pensando bastante melhor neste momento, porque estou com o coração que é um sofrimento só, sr. Fernand. Minha tia Jeanne é aquela que ficava sempre aí e também achava que o senhor é um moço muito bem-educado. Oh, sr. Fernand, eu estava na maior felicidade naquela noite da avenida Philippe-Auguste, e minha tia Jeanne disse que isso acontece no máximo uma vez na vida e que é preciso enxergar longe as coisas! Mas eu pensei melhor, e sua mãe enxerga mais longe que a gente. Só eu sei que desgosto, sr. Fernand! Até coloquei a fotografia de Saint-Cloud bem em cima do aquecedor a carvão no meu quarto, e pus uma moldura de madeira que custou 2 francos e 35 centavos nas Galerias Gambetta. Oh, quantas saudades de Saint-Cloud! Aquele é um lugar de que sempre vou gostar... Saint-Cloud! E todas as noites eu falo bastante com a fotografia de Saint-Cloud! E pensar que o senhor nunca vai conhecer a nossa casinha, porque eu estou bem decidida! Oh, sim, estou bem decidida, e fico com o coração partido só de contar! Não acredite que é porque eu não gosto do senhor, sr. Fernand. Se o amor é assim, então acho que amo o senhor com amor, porém estou decidida. Deus do céu! Fico com tanto medo que o senhor vá pensar que eu não gosto do senhor!... Mas é melhor que só um de nós dois sofra, e por isso estou escrevendo. E eu que sempre dizia que nunca me apaixonaria por homem de óculos, nem por um gordinho moreno!

Agora, acho que foi por delicadeza que o senhor não quis contar a verdade. Bem que eu sentia que o senhor não era mais como antigamente... como no tempo da avenida Philippe-Auguste. Fiquei sabendo de tudo, e nunca tinha imaginado que a dor fosse assim tão grande para quem ama. Oh! É verdade! Querido raiozinho de sol da minha vida. Quando o sr. Quellien, o contramestre, gritou no corredor da oficina bem alto — "Octavie" —, senti um arrepio de frio! "Pronto", eu disse comigo mesma, "lá se foi tudo por água abaixo!". Estava no meio do trabalho, segurando a grande tesoura de alfaiate. Justine Marrois veio correndo dizer: "Octavie, vá, estão chamando! O que deu em você?". Era preciso ir, não é mesmo? "Octavie, quer dizer então", disse o Quellien, "que você está vivendo um grande amor com o filho do patrão! Pois deixe estar, recebi ordens para acertar as suas contas!". Não vai ser difícil encontrar outro serviço, mas eu tinha fé que fosse uma ordem de sua mãe com relação ao senhor, e então estava já garantido... Qual o quê! Adeus para esses olhos tão bons e tão doces, sr. Fernand! Um adeus, nesta terra, a não ser que por algum acaso... Infelizmente, fui muito tonta de contar a elas, por puro orgulho, que o senhor tinha prometido casar comigo; elas me apelidaram de "Madame Fernand", e foi isso que mais me prejudicou. Deixa para lá, está perdoado, sr. Fernand, está perdoado! Sua mãe está perdoada também! Apesar de ela ter me dito que eu estava "acabada, e que tinha a cara cheia de rugas, que era toda sardenta e uma pilha de nervos!". Valha-me Nossa Senhora! Quem não sabe o que é uma mãe, não é mesmo? Mas a da cara toda enrugada e sardenta é Justine Marrois. Sua mãe viu a Justine porque ela foi até a casa de vocês em Joinville levar um pacote grande de tesouras no mês de julho que passou. Nem chorar tranquilamente eu vou poder! Contaram para a tia Jeanne que sua mãe fiscaliza o seu bolso todos os dias, e que ela leu as minhas cartas dentro daquele seu caderninho vermelho lindo. É melhor assim, porque prefiro ficar sabendo!

Quando passo pela rua Charonne de noite, na frente de sua casinha, vejo a luz na sala de jantar, e digo comigo mesma que o senhor está lá dentro, e todos os quatro bem felizes juntos. Oh! Sim! Posso dizer que quero muito bem ao senhor e ao senhor seu pai, porque ele é um bom pai para os empregados da fábrica, e a mesma coisa para sua irmã e sua mãe! Eu jamais seria capaz de arrumar uma briga com sua mãe, sr. Fernand! Oh, eu que nem conheci a minha mãezinha, porque só tenho minha tia Jeanne. Mas não quero desobedecer a ela, porque tem coisas que não vale a pena fazer! Oh, não! Ai, quem me dera! Sei muito bem que levar uma vida como na avenida Philippe-Auguste seria gostoso. Ai, quem me dera! Pensando melhor, meu lugar não é naquela casa, e devia ter enxergado isso muito antes. E depois — qual o quê! Uma mulher humilde aí no meio de gente rica, atrapalhando todo mundo? Sr. Fernand, o senhor é o amor que mora dentro do meu coração, e digo adeus! Adeus, adeus, sr. Fernand! Nunca vou esquecê-lo. Pense de vez em quando numa operária humilde e apaixonada sinceramente. E o senhor, sr. Fernand, case com alguém como o senhor. Um dia, vou ver o senhor passando pela rua com o filhinho da outra, e vou sair correndo para abraçar a criança, lembrando-me da avenida Philippe-Auguste. Sr. Fernand, vou ter saudades de Saint-Cloud também. Ah! Pensei melhor. Deixe estar! Estou decidida.

Aquela que será a sua noiva para todo o sempre,

Octavie Loiseau

P.S. Minha tia Jeanne diz que eu sou uma imbecil, porque é preciso defender o que é seu, mas Deus no céu vai me julgar, sr. Fernand, e minha mãezinha também lá no céu vai me julgar.

mais facilidade do que uma pequena operária de fábrica parisiense, ainda que oriunda da rua Charonne e polidora apenas? Ela aprende sem precisar de sua ajuda. Estas últimas linhas irão contar:

A encantadora Octavie foi notada pelo representante de uma pequena indústria, que a desposou. O representante tornou-se patrão e riquíssimo. A virtude, sem sombra de dúvida, é muitas vezes recompensada neste mundo. Octavie tornou-se burguesa, e isso combina com ela muito mais do que com outras. Poderia ser a glória da burguesia se a burguesia pensasse um pouco melhor. Não vá alguém acreditar que Octavie tenha trocado suas virtudes por uma profusão de defeitos, tornando-se pretensiosa, ambiciosa, mesquinha, altiva. Não! O fato é raro o bastante para que seja assinalado. Colocada entre a influência do Alto Comércio Parisiense e a da Igreja, só foi influenciada por esta última.

Quanto a Fernand, o gordinho... Pois bem! Ele anda por aí de automóvel.

Carta com comentários [Victorine Lenglé]

Ao sr. Yves Boudot, guarda-livros da loja de departamentos do sr. Bonnet
Place du Marché, 3.
Centro

Sou a srta. Lenglé, a filha da dona do armarinho. Tive de disfarçar bastante a caligrafia no envelope porque a moça do correio a conhece e não tem nada que ficar sabendo. Pouco importa se o seu patrão ou os balconistas percebam de quem é a letra, pois sei que o senhor é quem recebe a correspondência toda no caixa, e que o carteiro vai entregá-la diretamente. Em seguida, o senhor mesmo faz a distribuição das cartas nos departamentos de camisaria, enxoval para casamentos e batizados, uniformes, chapéus e novidades. Como já percebeu, sei de tudo.

O senhor, sem sombra de dúvida, vai achar muito estranho eu ter mandado a carta, porquanto não se trata de uma declaração de amor, coisa que eu jamais faria a quem quer que seja. Desde quando uma garota da Ordem Terceira da Perseverança e das Filhas de Maria escreveria para um rapaz! Sobretudo sendo o senhor mais novo, já que está com 23 anos e eu, 25. (Verá pela carta, logo em seguida, como tenho informações completas. Sei de tudo: que sua mãe mora em Guéret e foi operada de um tumor no hospital há oito dias, por exemplo.) Ora, sem sombra de dúvida, não há mal algum no que estamos fazendo, levando-se em consideração que o assunto a ser debatido é uma questão de casamento. Além do mais, a partir do momento em que a coisa é sensata — concorda comigo? —, onde está o problema? Bom senso é bom senso e ponto-final.

Principalmente, não vá me tomar por uma desfrutável, como aquela tal de Jeannine Berthaut, porque eu ficaria envergonhada. Nunca vou a bailes porque o padre me proibiu; o senhor tampouco vai porque entrega o ordenado à sua mãe. Também não vou ao teatro da praça nem a parte alguma. Sem sombra de dúvida. A Julia Bréjuin saiu contando que eu pedi ao sr. Laurent, o filho do chacareiro, para se casar comigo. A Julia Bréjuin fez todas essas futricas por vingança, depois que ele comentou que eu lhe agradava. Ela é quem está toda caída por ele, e quando a gente tem uma queda por alguém, concorda comigo? Juro que é tudo mentira, sr. Boudot. Chega até a ser calúnia, pois posso ficar prejudicada com isso. Aliás, deixei de falar com ela. Que se case com o Laurent se lhe der na telha; para mim dá no mesmo. Não sou de fazer farol, mas a verdade seja dita, tenho o direito de dizer que não sou nenhuma desfrutável como as tais de Jeannine Berthaut e a outra, a Germaine Mollet, que arranjaram namorado aos 17 e 18 anos! Não é uma pouca vergonha? O primeiro que vier dizer o que não deve na minha frente vai ser posto em seu devido lugar! Assim, depois daquela mentira — a que Julia Bréjuin andou apregoando que sou uma regateira, que corri atrás do Laurent, e que me atiro em cima de todos os homens —, tive a ideia de escrever.

Reflita bem, sr. Boudot, já que é inteligente e pessoa direita! Que oportunidades tenho eu de arrumar casamento aqui em Le Blanc-Saint-Même? Há muitos rapazes de fora, mas só estão de passagem, por causa da região e do rio; porém quem iria reparar na filha da dona do armarinho? Certamente não sou mais feia do que outra qualquer e, modéstia à parte, tenho até um corpinho bem-feito. Pois bem, eles vão reparar é nas gordinhas, como a Marie Bouillard, ou num varapau como a Eugénie Guillet. Já os representantes de comércio, que passam regularmente por aqui de automóvel, mal param e vão-se embora logo em seguida; além do mais, considerando-se que na região só tem leite, nem cogitam em procurar casamento longe de suas cidades ou, se o fizerem, só o farão em Paris, certamente. Os que têm algum projeto em mente arrastam asa é para as Jeannine Berthaut e Germaine Mollet, não para as criaturas decentes. Portanto, eu disse com os meus botões: "Lá está o sr. Boudot vendo-me fazer as comissões de sua caixa registradora no fundo. É certo que ele não me desagrada!". Por outro lado, que futuro tem pela frente? Empregado sem aposentadoria! Seus pais não têm nada. O pai é carteiro em Guéret, e a mãe trabalha na enxada nas fazendas de Le Blanc. Eu vou ter 35 mil francos guardados nas Ações da Defesa, mais os 5 mil prometidos pela prima Annette, minha madrinha. Meus pais têm 200 mil, dos quais um terço em terras que produzem trigo (a fazenda de Mailly rende 2 mil francos de lucro líquido), os outros dois terços são dois imóveis que não precisam de melhoria, sem encargos ou quaisquer descontos a título de imposto ou amortização. É bem verdade que minha irmã Louise está incluída na partilha, embora eu esteja falando da situação presente. Ela será obrigada, na partilha, a devolver em seu detrimento os 20 mil que lhe couberam como dote. Pronto. Se o senhor quiser se casar comigo, estará fechando um negócio sério. Conheço uma loja para alugar em Guéret, e o senhor seria o dono. Penso que meus pais nos ajudariam no começo, porque não iremos mexer no meu haver, concorda comigo? Aprendi contabilidade e sei cozinhar bem! Quer dizer, nem empregado nem empregada nos primeiros tempos. É isso!

Talvez o senhor tenha vontade de me olhar melhor antes de dizer sim. Escolha então, na hora da missa cantada, um banco perto do altarzinho de São José. Daquele canto veem-se perfeitamente as moças do coral, e estou sempre na segunda fila, a primeira cadeira a partir da esquerda. O senhor pode mandar a resposta para: Victorine Lenglé, aos cuidados da sra. Lenglé, rua Gambetta 17, Centro. É minha casa, embora tenham confiança em mim e não abram as cartas. Nem vejo que mal há nisso, a partir do momento em que a coisa é sensata.

Na esperança de uma resposta favorável, aceite, sr. Boudot, os meus protestos de elevada estima e consideração.

Victorine Lenglé

As sapatilhas da Gata Borralheira (carta sem comentários de uma bailarina)

Querida Germaine,

Aproveito a oportunidade do Ano-Novo para mandar notícias, pois você com certeza nem suspeitaria que suas meias de *bas bleu* são o meu *collant* cor-de-rosa de bailarina; isso significa que, enquanto você abiscoita o Prêmio das Mulheres de Letras — dou parabéns entre parênteses; o seu romance é muito, como dizer, muito *langoroso* —, estou exercitando os *entrechats*. Sim, a sua Madeleine está aqui, na Ópera, no último andar junto ao forro, praticando a barra! A principiante vai chegar até a ribalta, se Deus quiser. Querida! Disse adeus aos sapatos pesados do convento e calcei sapatilhas. Disse adeus também aos passeios pela alameda dos Jacobins em companhia da irmã Santa Tarsila. Não me puxe as orelhas! Escute bem, querida: representar o papel da parenta pobre num castelo de Auvergne não combinava comigo! Eu era a Gata Borralheira, sem esperança de ver chegar a fada madrinha ou a abóbora. Sentia-me grande, magnífica, feita para viver minha vida, mas tinha de vestir os vestidos cortados pela velha Mathilde, a criada de mamãe (ao que parece ela chora e me defende de todo mundo). Cara Germaine, a peneira não serve para esconder o sol, tampouco eu para aturar as mesquinharias do castelo de L'Étang. Gata Borralheira por Gata Borralheira, prefiro umas sapatilhas cor-de-rosa nos meus pés ligeiros. Vamos calçá-las neste grande baile que é Paris. A carruagem será uma Hispano, que vai me levar até a Ópera, onde sou notável. Bouchot diz que meus *entrechats* são os mais lindos do corpo de baile, e nossa professora Manuelita convidou-me para tomar parte dos famosos jantares de domingo, entre os seus amigos de antigamente, de sempre. Você não faz ideia do quanto esse ofício de acrobata é uma pândega nas horas vagas. Só não faço o relato completo por consideração de sua bem conhecida pudicícia, porém estou tão mudada, tão alegre, tão alegre! Principalmente, não me venha falar do inferno, como o padre Bidault nos dias de retiro espiritual... Você se lembra?

Mas o que eu dizia? Manuelita, a nossa professora de balé! É pequenininha, com uma coroa de cabelos brancos; os gestos dela são de tal forma precisos e a voz cortante que até parece mais alta. Tudo isso tão cômico, minha querida! "Quer dançar, você... hum! Que disparate! Vamos ver!" Ela, no primeiro dia, preferiu-me a todas as outras. Você entende, ser apresentada à filha do conde de L'Étang des Bourdaches significava para ela: ameias, torres de vigia, brasões, baluartes, os pajens, as armaduras, em suma, todo o repertório! Eu, sozinha, sou toda uma ópera medieval, e meu sapatinho de Gata Borralheira, o balé. Ela está me observando, estudando! Eu a estou observando, estudando. Em suma, divertimo-nos. Porém você vai ver! Vai ver que tipo! Creio que tomou a decisão firme de tirar de mim tudo o que puder, sem responder ao menos com um agradecimento.

Como você sabe, Camille continua vivendo em Capdenac, com aquele seu penteado de Santa Catarina, aquelas esquisitices e a horticultura dela. Passei por lá com um bando de pessoas bastante alegres e recebeu-nos amabilissimamente. Contei-lhe o caso de Manuelita de fio a pavio, e Camille disse: "Vamos mandar umas uvas, para ela tratar você um pouco melhor!". E Camille encheu uma cesta com uvas Blake Alicante e *gros* Colman da própria estufa. Um presente principesco, querida, principesco, posso garantir! Lá estou eu de volta às minhas aulas, e nem uma palavrinha de Manuelita. No dia seguinte, a mesma coisa! Então, eu disse: "A senhora, por acaso, não recebeu minha lembrança de Capdenac?". Manuelita tomou um ar severo, cheio de interesse, e pôs as mãos no rosto: "Ora essa! Foi então você, minha filha, quem despachou aquela lavagem inominável e malcheirosa que empesteou meu apartamento? O apartamento é do tamanhinho de um táxi, e eu com aquela cesta pavorosa à minha frente!... Oh!, não, não, minha filha, não posso agradecer, não!". E com a mais majestosa das indiferenças, determinou em seguida uma série de passos para mim, *pas-de-bourrée, gargouillades* e *sauts-de-chat...*

Recentemente, a mesma comédia. Para remediar a gafe das uvas, eu despachei de Deauville uma lagosta de 4 quilos, uma lagosta e tanto! Quem é que chamou a lagosta de cardeal dos mares, diga? Sempre que me lembro, desato a rir às gargalhadas. A mesma comédia, então, querida! A mesmíssima comédia, um silêncio total, do mesmo jeito! "A senhora não recebeu um pacotinho? Uma lagosta bem modesta, trazendo de Deauville, apesar do pouco, uma lembrança de afeto e gratidão?" Com ela, sabe, haja guirlandas! Uma dessas damas para quem é preciso pôr açúcar nas peras! Manuelita empertigou-se e desabafou: "Aquele pacote catastrófico! Ah! foi você de novo, minha filha? Já não disse que meu apartamento é do tamanhinho de um pires? Vieram entregar um caixote! Um caixote descomunal! Desembrulharam, despregaram com uma dificuldade inimaginável. O que é que me tiram dali? Um animal, um animal fedorento, um animal vivo. A minha empregada, que é um animal, como as empregadas em geral — e, se não fosse assim, seria mulher de um ministro, como todo mundo —, levou uma mordida no dedo! Teve de ir ao hospital, tamanho o inchaço! E agora fiquei sem empregada! Alguém pode imaginar? Sem empregada. Ah, não, não, minha filha, não posso agradecer!".

Ainda não acabei, cara Germaine: você ouvirá todos os casos de Manuelita — Manuelita que explora e tem bom coração, porque ela é de bom coração. "Permita que mande à senhora umas tortinhas folhadas da confeitaria Colombin!", disse eu no dia em que ela estava comendo um mísero bife de almoço, durante os exercícios. Ela franziu a sobrancelha, encarou-me sorrindo maliciosamente e disse com a maior meiguice: "Filhota, minha filhota! Eu conheço bem você, e não vá acabar com o estoque da confeitaria Colombin, só para mim, outra vez! Olhe, mande então no máximo três dúzias! Dá e sobra para a nossa pequena classe!". Vê como ela é? Explora o rico, para dar aos pobres. Não é encantadora? Vou contar o caso Blanchard.

— Pela segunda vez, Blanchard, você chegou atrasada!

— A mamãe está muito doente, e não tem ninguém em casa.

— Somos ou não somos bailarinas? Pelo mau exemplo, vai pagar 20 francos de penalização.

— Não sei como fazer para pagar a multa, pois tive de refogar um caldo para mamãe.

Manuelita, depois que as outras foram embora, reteve-a e, acredite se quiser, entregou 40 francos: "Tome, você vai pagar a multa para dar bom exemplo, e comprar o que for preciso com o restante".

Nesse dia, Marcelle Douigneau, sua preferida, chamou-me à parte e falou: "Você está completamente enganada presenteando-a com uvas, lagostas e mais os docinhos; ela diz que tem dinheiro o bastante para comprar tudo aquilo. Ficaria bem mais contente com uma lembrança sólida. Por exemplo, talheres com cabo de prata; porém não mais de duas dúzias, seria inutilizável. No Ano-Novo, presenteie-a com um par de candelabros de cinco braços. Como compensação, você vai ter bons papéis, virão pessoalmente para experimentar os figurinos, vão se interessar pelos seus números, compreende?".

Penso ter pintado, cara Germaine, um belo retrato. É para você usar num dos seus romances. Aposto que vai interessar às pessoas.

Temos um pianista, não digo o nome, um homem célebre. Sua música é tocada nos cassinos, e nós tocávamos a quatro mãos um minueto dele no convento das Irmãs. Percebe de quem se trata? Em suma, o sr. Lepère!

"Pare, sr. Lepère", disse Manuelita durante um ensaio. O sr. Lepère, com o nariz em cima do teclado e os cabelos em cima do nariz, continuou.

"Ora, pois pare, senhor Lepère! Não está nada bom!"

Ele era o próprio autor do balé que ensaiávamos. Continuou. Continuou, continuou e continuou!

"Vejamos! O senhor vai parar, Lepère?"

Nenhum resultado. Ficamos todas com um pé no ar. Não sabíamos o que fazer. Manuelita, então, avançou até a beira do palco, fulminante e silenciosa, de braços cruzados. Procurou as palavras, sem achar, sacudiu a cabeça e lançou bem do alto de sua estatura:

"Pobre sujeito!"

Acrescento, minha querida, que é uma professora de balé incomparável. Leva todos os seus papéis a sério e inspira a todo mundo. Quanto aos papéis, ela se embebe, vive cada um deles. Se fosse preciso ensaiar um balé grego, ela teria, durante o dia inteiro, a semana inteira, ar de uma ânfora grega; quando manda ensaiar um balé egípcio, tem ares de uma múmia prestes a se desfazer em pó, a se quebrar, mas que está se poupando. Se fosse um balé Luís XV, sairia dando voltas ao redor de tudo, com frufrus de seda. Eu mesma a vi quando ensaiou um balé de coelhos. Durante quinze dias, imitava com a boquinha o focinho e punha dois dedos ao lado das orelhas.

No domingo passado, em sua casa, representava a grande dama, enquanto o marido a olhava fixamente, com uma exasperação visível. Ao final da noite ele disse: "Escute aqui, Marie, está lembrada de quando eu obrigava você a subir a rua Lepic com pontapés no traseiro?".

É uma carta bastante longa, querida! Contudo, veja, também sei escrever e gostaria de tornar-me colaboradora sua, mandando tudo quanto aparecer de engraçado. Se você conhecesse este meio!... Em suma, como mentalidade, antes de mais nada, é inferior. Porém, a partir do momento em que eu passar a conhecer alguns autores, talvez disponha de acontecimentos mais distintos. Assim espero, pelo menos.

Minha querida, adeus, não se envergonhe muito de mim e também não me esqueça. Gostaria de dizer, em seguida, já que você está sempre de bem com o bom Deus, que reze por mim para eu chegar aonde quero... Um beijinho nesse pescoço querido.

Madeleine

Conselhos de um médico a um jovem colega

Meu caro Albert,

Basta persuadir a zeladora de que você lhe salvou a vida quando foi acometida de uma coriza e terá por clientela todos os locatários do prédio. Produzirá um turbilhão, uma bola de neve: aquele prédio vai trazer para você a rua inteira, o bairro inteiro. Quando meu primo Charles se fixou em Rodez, uma sangria praticada numa congestão cerebral estabeleceu, no dia da chegada, a sua reputação. Ele salvou, de fato, a vida do *maître d'hôtel*. Você me ouviu tantas vezes repetir o adágio de que três coisas são úteis aos médicos: o *saber*, que tem alguma serventia e é o mesmo para todos; o *saber fazer*, que é bem mais importante, e, finalmente, o *fazer saber*, que é indispensável. A zeladora foi a trombeta que deu um jeito para que todos ficassem sabendo; o saber fazer consistiu em persuadi-la de que havia sido curada. Um pouco de saber salvou o *maître d'hôtel* de Rodez, que era também uma belíssima trombeta da fama, se não me falha a memória.

Antes de tudo, convença-se de que o doente, para você, é quem menos importância tem numa família. Não se trata de agradar a ele, mas aos que o cercam. Se você quiser se impor, primeiro deve considerar os colegas como verdadeiros inimigos. Tem de saber como insinuar em tais circunstâncias que Fulano não foi tratado como devia, que a vida do sr. Z*** poderia ter sido salva e que, em qualquer caso, você era aquele especialista sensato que deveriam ter consultado, em qualquer caso. Esforce-se por recitar isso com um tom de autoridade mesclado de bastante brandura, com uma atitude firme e científica. Informe-se da saúde de toda a família, embora sem familiaridade. Inspire certo temor, para não fazerem perguntas além do limite, e conserve presença de espírito e muito topete. Uma vez, tratei do filho de uma enfermeira-chefe. Como pode presumir, caro Albert, essas pessoas — em geral antipáticas, aliás — possuem conhecimentos e dificilmente se impressionam conosco. Eu havia prescrito o cloridrato de quinina, geralmente administrado sob a forma de sulfato. "Por que o cloridrato, doutor?" — disse a enfermeira-chefe. Respondi, com ar distraído e sem afastar os olhos do doente: "Minha senhora, não se pode titubear num caso destes, apenas o cloridrato é capaz de produzir um efeito satisfatório!". Ora, você sabe tão bem quanto eu, caro Albert, que os dois sais são análogos. Portanto, segurança, Albert, autoridade e sangue-frio!

O mais insuportável dos doentes é o doente imaginário. Se você livrar a família dele, uma cura dessas é a que vai lhe granjear maior estima. Você talvez responda: "O doente imaginário não compete ao médico!". Errado! A medicina vem a ser o quê? A medicina consiste em ministrar remédios a sintomas incômodos? Evidentemente, é parte dos seus fins — parte, Albert. O fim inteiro é obter esse estado de euforia chamado saúde. Permita, entretanto, que eu cite a sentença de Farabeuf: "A saúde é um estado precário que não pressagia nada de bom!". Ora, o doente imaginário é um doente que é preciso persuadir de que está são. Não lhe falaria do doente imaginário se acaso não tocássemos, através dele, a realidade profunda da arte médica, a questão da utilidade do médico, seu valor social, ou se o doente imaginário, enfim, não me levasse a falar da confiança.

Conheci um reumático crônico muito apegado a mim. Sempre me lembrei desse cliente, porque pontuava todas as minhas receitas com uma frase esquisita: "Bom, mas será que vou melhorar, doutor?". Ele tinha confiança, evidentemente, embora quisesse ter mais confiança ainda, e sentisse de modo vago que toda cura provém desse sentimento. É bastante estranho que se dirigisse a mim, justamente, para ser crismado e aprovado em sua fé. Em suma, pedia que eu fosse o mais afirmativo possível. Um médico é um vendedor de convicções, e a fé é vizinha da esperança. Logo, você deve fazer brotar no paciente um tal estado de espírito que o medicamento prescrito fará mais efeito do que se outro o prescrevesse. O seu medicamento deve ser o veículo da confiança. Conheci uma nevrálgica com a qual havia usado de todas as drogas conhecidas; um dia, tive a ideia de apresentar como completamente nova apenas uma mistura de duas substâncias de que ela fizera frequentemente uso, sem resultado. Transformei em pó certas pastilhas cor-de-rosa, misturando-as em certo pó branco: sarou! Doente imaginário, dirá você. Ora bolas! Onde começa e onde termina o papel da imaginação na doença? Há que se notar também o papel da "novidade": se o meu pó não fosse novo, alcançaria a melhora de minha doente?

Quando moço, acontecia-me substituir interinamente alguns colegas. Você mal pode imaginar o sucesso obtido pelo simples fato de minha chegada! Eu representava Paris, a ciência moderna, as invenções recentes, sabe-se lá o quê. Por conseguinte, é preciso ser visto sempre como um emissário de novidades! Fale com frequência das descobertas, puxe do bolso um jornal médico, tenha revistas científicas em sua sala de espera. Dessa maneira, por intermédio da "novidade", inspirará confiança. No entanto, não vá acreditar que escutarão mais você se você se tornar amigo íntimo da família que costuma consultá-lo! Um médico, caro Albert, deve conservar seu caráter esfíngico. Se acaso você for inclinado a explicar a moléstia, ou o processo que irá empregar para curá-la, vai perder todo mistério, toda autoridade, a surpresa, vale dizer, a novidade, e consequentemente a confiança. Concluindo, a medicina é uma arte e não uma ciência. A ciência é um conjunto de fórmulas aplicáveis por qualquer um. A medicina é um conjunto de meios morais, e apenas valem por aquele que os emprega; esses meios morais, sim, conferirão à ciência valor terapêutico.

Você escreve que ainda não se fixou no gênero de clientela que vai procurar, nem no lugar onde vai se estabelecer. Diz: "Caro tio, visto que o senhor clinicou em meios sociais e regiões diferentes, aconselhe-me!". Pois bem, saiba que o meio pequeno-burguês e operário já um pouco remediado ainda é o melhor. Você ali bole em cada coisa! Albert, as horas, as horas consagradas a um doente em casa de clientes ricos! Imagine um vestíbulo. Você aguarda o criado de quarto! Você aguarda a dona da casa! Mal a dona da casa aparece, uma série de histórias infinitas principia. Ela dispõe do tempo necessário para falar e nem cogita que você não tem tempo para escutar. Passada uma meia hora, ousamos pedir para ver — quem sabe? — o doente. Você necessita assumir então uma atitude extremamente interessada, considerar a criança, se se tratar da criança da casa, como um personagenzinho único e o caso como exceção. Repare que os remédios a serem receitados não são os remédios de todas as classes sociais. Para uma exceção, antes de mais nada, há que se apelar para especialistas. Em seguida você falará de "estâncias hidrominerais, casas de saúde, sanatórios, mudanças de ar, deslocamentos, vilegiaturas". Há remédios na moda que você precisa conhecer e discutir. Agora, não pense que você já cumpriu seu dever e a visita está encerrada! Chega a avó e tudo recomeça. Não somente você irá repetir junto a essa dama tudo o que já foi dito, mas a avó vai repetir tudo o que a mãe já dissera, contradizendo-a aqui e acolá. Ao descer, você encontrará o pai que está voltando para casa. Ele tem pontos de vista próprios, parece considerar a opinião daquelas mulheres como sujeita a caução. Nessas famílias leem-se revistas caras; o cavalheiro está bastante a par. "Doutor, será que não ocorreu ao senhor receitar o... ou a...?" E se não ocorreu a você pensar no... ou na... só resta uma saída, responder: "Seria, com efeito, excelente, embora a criança ainda não esteja em estado de suportar o tratamento". Finalmente, você pode ir embora. Ao fazê-lo, refletirá que, enquanto se enchia de tantas precauções e nove-horas, poderia estar embolsando os honorários de quatro ou cinco visitas comuns. Ora, você esperará até o fim do ano para ser pago. A respeito disso, já contei um dia em sua casa o caso de uma dama da maior elegância, a baronesa X..., que me entregou um envelope fechado depois da consulta. Na época, as minhas visitas valiam 20 francos, e o envelope continha apenas 10. É verdade que uma grande dama russa, em certa ocasião, no tempo das visitas a 3 francos, pagou-me 20 como honorários. Ela pensava honrar-se a si mesma, muito mais do que a mim. Em princípio, o médico deve ser sempre mais *chic* do que o paciente e representar uma classe superior da sociedade. Medite no quanto seria constrangedor chegar enlameado como um rato e ter de pisar em tapetes. Que tipo de confiança pode-se inspirar? Ao contrário, veja o respeito que você inspira em um simples operário se estiver de cartola. O médico que não estiver mais bem vestido que o cliente deve compensar o deslize com sua atitude e ciência. Muito mais simples é deixar as roupas falarem por você. Entre parênteses, quando você escolher o seu gênero de clientela, não mude; caso contrário, será obrigado a dar tratos à bola para se lembrar dos diferentes preços conforme as casas, e pode ser que a memória o engane.

O pequeno-burguês é o mais agradável dos doentes. Os ricos mandam chamar especialistas, professores que fiscalizam você e não o acatam, mas aos quais os ricos acatarão, visto que pagam 600 francos a ele. Não há nada parecido na casa do pequeno-burguês e do operário. Para o operário, você é mais que um patrão, é o mistério, poderá ficar à vontade, ser ríspido se necessário ou até familiar, não haverá demonstrações eloquentes nem explicações. Todavia, pode acontecer de você não ser compreendido e ficar constrangido pela profunda diferença de casta. Já o pequeno-burguês, que se deixa impressionar tão facilmente quanto o operário, vai compreendê-lo melhor, tentar interessar-se, o que é lisonjeiro e cria vínculos. Além disso, na casa de certos operários você não pode receitar remédios de preço excessivamente elevado; na casa do pequeno-burguês você chega até onde pode chegar.

A essa questão dos preços está ligada a da frequência das visitas. O pequeno comerciante de Paris, nesse tocante, é o ideal do doente; pode-se vê-lo quando der vontade. Na casa dos ricos e dos pobres, só vamos quando chamados. No meio rural, o doente ou está nos censurando por explorá-lo ou por tratá-lo com displicência.

Quero também falar sobre os sentimentos do doente com relação ao seu médico em geral, e aos presentes em particular. O uso dos presentes — Deus seja louvado! — está começando a desaparecer: o bronze artístico, o tinteiro monumental, o vaso de porcelana de Sèvres. Na morte de seu avô Adolphe, presenteamos o doutor Ballu, que você conheceu, com dois vasos de Sèvres, confesso que bastante feios, embora de muito valor, ao que parece. O doutor Ballu, que fora atenciosíssimo, você pode se lembrar, subitamente se tornou fechado e frio. Sua mãe soube pela empregada da sra. Aimée que ele estava esperando aquele relógio estilo Império que, durante tantos anos, permaneceu na vitrina da relojoaria do sr. Lecomte. Coitado do doutor Ballu! Conheci um colega em Paris que colocava todos os presentes em sua sala de visitas, na esperança de que alguém lhe roubasse ao menos um bronze. Pobre infeliz, isso nunca aconteceu! Muito pelo contrário, os pacientes baseavam-se no que viam em sua casa para lhe dar presentes no mesmo gosto. Eu poderia escrever cinquenta páginas sobre a gratidão dos pacientes. Ela jamais é proporcional ao favor prestado. Você pode fazer das tripas coração para salvar um doente, ninguém reconhece. Em suma, você só cumpriu com a obrigação! O homem em quem vi mais agradecimento foi um camponês cuja mulher morreu de derrame cerebral em plena feira, sem que eu pudesse fazer nada para salvá-la. Nos primeiros tempos da carreira médica, fui chamado por uma mãe completamente assustada à cabeceira de um rapazola. A gripe ainda não era estudada como se faz hoje em dia; acreditei que fosse uma febre gravíssima. Oito dias depois, o doente estava de pé. Pela vida afora, fui perseguido pela gratidão daquela boa mulher. A gratidão é um sentimento constrangedor, e proporcionará unicamente presentes ridículos. Não confunda a "gratidão" com aquele orgulho da zeladora do prédio de que falava há instantes. A porteira estava orgulhosíssima por ter descoberto um médico capaz de curar; tinha o orgulho de um treinador apresentando um elefante amestrado.

Não pense que a fidelidade provém da gratidão, ela provém do hábito. Do ponto de vista da fidelidade, permita-me uma anedota bastante instrutiva: um amigo da nossa família, o doutor Duval, com consultório no bulevar Voltaire, ficou muito surpreso ao ser chamado em Montrouge. Depois da visita, perguntou ao paciente por que o havia feito vir de tão longe. "Ah! Consultei uma lista telefônica, e vi o sobrenome Duval. Lembrei-me de um médico que foi ótimo; pensei então que o nome poderia dar sorte." A fidelidade faz a clientela. Em Paris, é oito ou oitenta, ou você morre de fome ou tem uma clientela louca. Quando você compra em Paris uma clientela, você não compra nada, e a clientela constantemente se transforma. Na região rural, a sua situação num lugar sem médicos obriga as pessoas a consultá-lo. Não pense que vai ficar rico! Veem-se lindas casas de campo de antigos notários, nunca de antigos médicos. Em Paris, você não vai enriquecer mais depressa do que em outra cidade. Paris tem vantagens, não há despesas de transporte, você pode abrir mão da aparência profissional e passear incógnito. Na província, sempre vai encontrar alguém para censurá-lo por ir pescar enquanto a mulher do notário está morrendo, ou enquanto a atendente dos Correios está passando mal. Ou então vem alguém pedir notícias de uma doente que se apagou de sua memória: "Será que ela vai escapar, doutor, o que acha? Tem bastante tempo pela frente? Vai perder os cabelos?". Os cabelos trazem à lembrança a doente impossível de lembrar.

E depois, meu caro Albert, por que escrever tão longamente? A experiência de uns nunca serviu à de outros. Siga seu destino, aproveite as oportunidades. Se tiver, como acredito que tenha, inteligência, sorte e honestidade, você vencerá, e assim espero.

Lembranças ao seu pai e à minha irmã. Um abraço.

Gilbert

P.S. Desconfie sempre dos convites para jantar. Será levado para dentro de casas agradáveis. Em geral, quando se convida o médico para jantar é para pagá-lo apenas dessa maneira. Ou então, aceite, muito embora só nas famílias habituadas a pagar regularmente. Por sinal, os seus jantares serão envenenados pelas consultazinhas que cada convidado vai fazer a você.

Carta de um sargento sobre o casamento

Quartel Kléber
Nancy, 28 de junho de 1924

Meu caro Pagès,

Recebi com prazer a notícia de que você estava casado. Ei-lo agora pronto a fazer uso da ciência de que me falava em Coblentz, debaixo do arvoredo de plátanos. Aquelas caminhadas que fazíamos, ao mesmo tempo numa mata virgem e numa ilha encantada, por assim dizer. Talvez tenha esquecido de que ciência estou falando, ou falávamos, isto é, a de se tornar um bom marido.

No fundo, embora eu sempre tenha considerado suas preocupações morais muito puras e elegantes, sempre pensei que, se você tivesse se tornado católico naquele momento em que pressionei, teria, como benefício suplementar, alcançado também essa ciência.

Com toda certeza, a sua pequena Berthe teria uma razão a mais para amá-lo se acaso nos visse andando lado a lado por aquelas ruas cheias de sol como raios de mel, comovidos e entusiasmados, os olhos marejados com a ideia da felicidade dela e da sua. Recorda-se, meu velho (e, hoje, você já pode admitir finalmente!), o quanto ficava amolado quando eu o forçava a falar sobre as suas ideias, sobre todos aqueles livros que tratavam de casamento e que chegaram a abarrotar o seu quarto de oficial?

Eu o imaginava sob a figura de um pequeno tritão maravilhoso, transformado em pescador pelo desejo de ter em sua rede a felicidade, "o peixe de ouro, o peixe que canta!".

Ouço ainda você dizendo, ao voltar da casa do padre em Morhange: "Qual nada, meu velho, a sua filosofia católica não passa de poesia, de conto da carochinha! Só tem serventia na hora de consolar as crianças. O bom Deus mandando o filho à terra para dar exemplo aos homens, resgatar os seus pecados e sofrer por eles... Só era possível acreditar nisso no tempo em que chamavam o Universo de tenda azul, o Sol e a Lua: estava em proporção, era estético. Hoje, entretanto, sabemos que a terra é um grão de poeira na poeira da estrada, e que a própria estrada, a Via Láctea, é uma gota de leite no abismo onde se movem massas inimagináveis. Compreendemos a nulidade tocante de tudo isso. Não, não somos filhos de Deus, e sim micróbios!".

Você também dizia: "Além disso, eu sofro, entende? Já lhe contei? Pois bem, desejo só uma coisa, viver tranquilo com a moça que amo e morar junto ao sopé das nossas lindas montanhas. Não quero pedir perdão por um pecado original que não cometi, nem quero abafar minha vida indo confessar-me, todos os meses, com alguém convencido de que a vontade de proceder com maldade e mesquinharia está grudada ao meu corpo. Agirei sozinho e basta. Que o bom Deus — se houver um — me julgue segundo os meus méritos".

Pois bem, vou responder. Na época em que falávamos, você bem sabe o quanto eu mesmo estava triste, e com que assiduidade beijava as boas moças dispostas a me consolar! Também sabe o porquê de minha tristeza.

Você não acha que em nossa época há um desejo grande de agarrar com as mãos as riquezas humanas, isto é, uma verdadeira felicidade? Percebemos, com toda certeza, que a felicidade só pode ser encontrada dentro de nós, na pureza moral e no controle de si mesmo. Naquele tempo, você tinha esse controle; espero que tenha agora a felicidade no amor, porque é digno dela.

Eles me fazem rir, esses sujeitos que nos chamam à prática da juventude moderna. Que piada! Banqueiros? Sim, e por esporte, e também porque o dinheiro permite várias experiências. Mas, sobretudo, os poetas. Você está lembrado de quando partimos para o *front* do Ruhr, desgostosos, sorridentes, cantantes e crispados? Bem se via ali que a verdadeira riqueza de cada um de nós, a riqueza que se saboreia e que se goza, era a nossa chance e o nosso destino.

Agora, há um elemento de dor na sua alegria, como há um elemento de dor em toda e qualquer alegria moderna. Sujeitos como nós aprendem no colégio que as coisas, quando evoluem, ficam impregnadas de uma instabilidade radical. Se nós mesmos evoluímos enquanto o mundo muda, e não há pontos de referência, corremos então o risco de percorrer muito caminho sem perceber, perdendo de vista a felicidade da mesma forma com que se perde de vista um porto ou as praias de uma pátria.

Naquela época, eu não era digno de responder a você; hoje, entretanto, proponho o seguinte: você sabe que as palavras nem sempre colam com exatidão à Ideia. Quando os nossos antepassados explicaram as próprias crenças, quando transcreveram a Revelação, fizeram isso na própria língua e segundo a própria noção do mundo. Note bem que, ao vermos aumentar de tamanho o espaço em que se move o nosso destino, a ideia católica só se enobrece. Dirija-se a Deus com suas próprias palavras, reze de homem para Deus; sendo você um homem moderno e livre, verá como é formidável!

Agora, quando você diz que somos micróbios, é claro, não está pensando nas almas... mas fazendo uma petição de princípio. Se fôssemos apenas corpos, não haveria necessidade de falar de religião; porém, se somos almas, participamos da natureza Divina e do Universo, e esse vasto corpo não é grande demais para nós. Pense nisso, sem ter mais a sensação de que no mundo existem apenas você e sua pequena Berthe. Agora mesmo, a Virgem ampara a sua casa nas mãos, assim como a felicidade de todos os corações puros e fiéis. Exatamente o que vocês são.

Felicito você, e abraço a ambos,

Pierre

Carta sem comentários [Adolphe Carichon]

Cara Mamãe,

A senhora falou: "Os meus filhos prediletos não me trouxeram alegria" e, como se não bastasse, acrescentou: "os outros tampouco". Não diga uma crueldade dessas por carta, pois bem sabe a senhora que eu mesmo vivo uma situação difícil neste momento. A senhora sonhou alto demais conosco, mamãe, apesar de ter chorado bastante quando Georges pegou meningite, como papai também chorou naquela época. Já que ninguém foi jogar na sua cara certas coisas que a senhora está cansada de saber, não queira fazer o mesmo com todos nós, porque não houve nenhum de meus irmãos que não tenha chorado bastante por causa da meningite. Georgina também chorou. São águas passadas. Já pusemos um ponto-final nisso tudo desde o almoço de batizado no apartamento da Germaine. Abençoados sejam aquele almoço e a iniciativa do sr. Issachar!

Antigamente, eu nem em pensamento poderia imaginar essas coisas que a senhora está cansada de saber (e há novidades sobre o assunto, mas deixe-me acabar). A senhora e eu, mamãe, fomos feitos para ser grandes amigos; diga, dê uma olhada à sua roda para ver quem restou! Nós dois sabemos perfeitamente o que é o mundo; pois bem, com a morte da Yvonne Meillet, reconheça que não restou ninguém senão o seu pequeno e querido Adolphe, o mais apegado dos filhos e seu confidente! Com lágrimas tudo se perdoa, e só depois de muito sofrer é que alcançamos a confiança. Portanto, prometi que contaria tudo à senhora, coisa que nenhum dos seus filhos fez, pois estão bem felizes e contentes com o comércio e as crianças. Deixe estar! Baterão asas quando eles menos esperam. Pois bem, segui à risca os conselhos da senhora com relação àquela que, perante Deus e a sociedade, é minha legítima esposa. Se tivesse seguido à risca os seus conselhos antes do primeiro noivado, não me teria casado com a Marthe, e estaria agora feliz com a Lucie Lepage, como a senhora gostaria que fosse. A propósito, preciso comunicar que o filho mais velho dela recebeu ontem o anel de médico; soube pelo François, que veio à repartição me contar da formatura. Como dizia, segui então à risca os seus conselhos, embora a senhora tantas vezes diga que "tenho o fogo da paixão" como o meu falecido pai. (Ah! se ele estivesse vivo, aquele homem digno, tantas coisas poderiam... a senhora está cansada de saber o que eu pretendo dizer com isto!) Porém, quando se "tem o fogo da paixão", é bem difícil seguir os seus conselhos à risca, especialmente morando mal e apertado como estamos, porque é apenas uma parede fina que separa minha cama da cama da Marthe. É isso o que eu precisava contar. Apesar dos meus 48 anos, não consegui resistir e entrei no quarto dela: "Marthe", disse, "desculpe por não respeitar o combinado, porém ouvi você soluçando!". Ela não respondeu; então, eu fiquei em frente à cama, vendo aquela mãozinha linda que ela tem, com a safira e as três pérolas do anel. A senhora está lembrada? Custou-me 2 mil francos. "Você não pode ter ouvido o meu choro, porque nunca choro alto", respondeu finalmente a Marthe. "Você não estava chorando alto, estava chorando baixinho." "Se você veio até aqui para me espezinhar, pode voltar para a sua cama! Deus do céu, mas que coisa feia um homem vestido com um camisolão de dormir! Será que você não poderia pôr um pijama como todo mundo?" "Como o sr. Issachar, não é!" Reconheço que foi falta de tato. Ela virou a cabeça para a parede. Não sei por quantos minutos fiquei postado em frente à cama, segurando a sua mão, que ela deixou, mais por desânimo e tristeza que por amor. Finalmente eu disse: "Você está dormindo, Marthe?". Ela fez que não com a cabeça. "Está triste, Marthe?" Ela fez que sim com a cabeça. "Está com remorsos, Marthe? Se estiver com remorsos, fica tudo perdoado." Ela sacudiu os ombros com pouco caso. "Issachar enganou você, Marthe! Eu tenho certeza disso." Ela chorou. Então eu disse: "Está vendo como é que são as coisas: mal sabe você, entretanto, como são essas coisas para um homem honrado!". Então, mamãe, encostei minha cabeça na cama, e chorei como ela. Agora, você vai ver quem ela é. Sentou-se na cama e disse: "Oh! Não suporto homens que choram, você sabe disto!". Isso prova que eu deveria ter seguido à risca os seus conselhos e me casado com

Lucie Lepage, há vinte anos. Porém é impossível que a senhora saiba o que é o amor para um homem! É o que eu precisava contar nesta carta para manter a senhora informada. O sr. Issachar — quem diria? — seduzindo Marthe, afastou-a do bom caminho, mamãe!

Como manda a praxe, continuamos a trocar saudações na rua; caso contrário, seria preciso entrar em explicações, segundo a senhora mesma aconselha. Minha vida está um transtorno só! No entanto, querida mamãe, em consideração por minha infelicidade, não me censure mais ainda, somando outros arrependimentos a já tantos males deste coração moral. Minhas lembranças ao Paul, ao Victor, ao Julien; transmita as lembranças que a senhora achar que deve a cada um, como melhor lhe parecer; porém não se esqueça dos Levasseur, que foram muito bons para mim antigamente.

Um beijo.

Seu filho,

Adolphe Carichon

Carta de 1814 para fazer queixa de um irmão

Querida mãe,

Tua ternura, apreensiva com notícias desgraçadamente mui bem-fundadas, pergunta-se a respeito das queixas que tenho acumulado contra meu próprio irmão. De fato, a senhora tem mais que qualquer outra pessoa o direito de julgar tais desavenças de família. Decorridos seis meses de separação da titia Saint-Néray, depois de ter saído de Draguignan e a caminho de La Colle, fui ter com ela em Saint-Honorat, onde então se instalara. O encontro foi o que deveria ser; preso a ela pelos cordiais prazeres do afeto familiar, demorei-me em Saint-Honorat dois dias e meio, ao cabo dos quais segui viagem para La Colle. Escrevi de La Colle para titia. Importante notar que meu irmão não lhe dera sinal de vida havia quase um mês. Segundo alegou, a viagem que havia empreendido até Marselha impediu-o de escrever. Afora isso, minha cara mãe, observa também que, malgrado suas dívidas e prejuízos com o jogo, meu irmão comprou um cavalo deveras formoso. Enquanto minha carta para titia chegava a Saint-Honorat, ela partiu e chegou a La Colle, em casa da vovó Beaumond, onde eu me hospedara. Ao pedir-lhe a bênção, notei nela um semblante carregado. O motivo era não ter recebido nada de minha parte; ora, ao lhe significar que minha carta chegara a Saint-Honorat por assim dizer no exato momento em que ela própria chegava a La Colle, acreditas que o rosto se desanuviou? Não! Permanecia ainda a primeira expressão! Diante de mim, minha tia testemunhou indignação por meu irmão não lhe ter escrito, embora uma hora depois, quando meu irmão, que escoltara até Antibes o sr. de Boisgelin, comissário do Rei, apeou-se, bancando o fanfarrão e com ares de jactância, fardado com o uniforme da Guarda Nacional, titia, ao vê-lo, longe de mostrar aquele mesmo cenho, disse-lhe risonha e satisfeita que era um "malandrinho" por não lhe ter escrito em resposta, embora lhe houvesse remetido a cavalo uma missiva em Saint-Honorat. O senhor meu irmão, como sói fazer nessas ocasiões, protestou dizendo que o tempo havia sido desgraçadamente escasso, e a senhora minha tia aceitou as desculpas como troco miúdo. É de fato injustiça, e mal poderias imaginar, minha mãe, toda a irritação de um homem de sentimentos diante desses sinais afrontosos de preferência! Eis aqui, pois, dois distintos tratamentos que titia usa para com meu irmão e para comigo. Ah!, mãe mais afetuosa de quantas há, é escusado dizer que não acabei!

2º Meu irmão, propenso a gastos como tu mesma e como meu pai, tomou-me dinheiro emprestado. Dispondo eu de algum fundo, dei-lho, dizendo: "Quando me restituíres, folgaria muito que me desses o dobro da soma!". "Oh! Deus meu, não posso", retrucou. Fez as contas do que lhe restava (25 luíses de ouro), sabendo, contudo, que tenho bem pouco dinheiro e que seu débito para comigo monta a quase 300 francos. Ele não podia dos 25 luíses extrair duas prestações sobre a dívida contraída, visto que, ao lhe dizer "folgaria muito que me desses o dobro", e como lhe emprestara na ocasião 2 luíses, era exigir bem pouca coisa. Em suma, não podia ele sobre o montante de 25 luíses de ouro fazer a dedução dos 2 que me são devidos para a amortização. É escusado dizer que não acabei, minha mãe, e julgarás sobejamente os dois filhos teus.

3º Tendo eu perdido a minha caixa de rapé, e estando eu numa ocasião em que me encontrava em casa de meu irmão, percebi, alinhadas sobre a prateleira da lareira de seu quarto, quatro ou cinco caixas, umas de papelão pintado, outras em madeira de figueira--brava, sem contar aquelas duas caixas de rapé deveras mimosas com que o presentearam a senhora minha tia e o senhor meu tio Scipion (para mim, nada, sempre!). Então eu disse: "Obsequia-me com uma das tuas caixas, visto que perdi a minha" (note que o preço da caixa pedida era de 1 franco e 8 sóis). Meu irmão retorquiu que era a sua intenção principiar uma coleção de caixas, de sorte que por coisa alguma gostaria de desfazer-se daquelas que possuía. Eis aí o teu filho, minha mãe. Quanto a mim, atirei à prateleira com desdém a caixa que se encontrava em minhas mãos, surpreendido com aquela recusa mui desairosa, e dei-lhe as costas, pronto para sair. Meu irmão, sentindo um pouco tarde demais que praticara uma ação vil, chamou-me de volta para que tomasse a caixa de rapé, visto que estivesse eu tão carecido. Agradeci-lhe e saí de sua casa, deixando-lhe intacta a coleção. Cara mãe, ainda não acabei, e não receio tornar-me por demais maçante, uma vez que sou acusado junto a ti de ser um mau irmão.

4º Sucedeu-me ganhar por quatro ou cinco vezes no jogo, no momento exato em que, a uma mesa circunvizinha, quer fosse em La Colle, quer em Draguignan, meu irmão estava a perder. E acabei dando a ele tudo, ou ao menos a metade, do que eu ganhei, para amortizar seu prejuízo. Foram ora 12 francos, ora 18 francos, de outra feita foram 6 francos. Enfim, de acordo com meu ganho, de acordo com sua perda. A ação, reconhecer-se-á, minha mãe, é de grande simplicidade e fraternal. Sucedeu outrora que eu perdesse, e ganhasse o meu irmão. Jamais meu irmão pagou-me na mesma moeda.

5º Durante a época de minhas desavenças com titia, meu irmão quis guardar a mais estrita neutralidade, estando eu errado ou certo. Estivesse eu errado, mister seria que ele me dissesse; estivesse eu certo, que me dirigisse, pois, palavras de consolo e fraternidade. Nada disso! Guardou o silêncio mais profundo, e ainda afirmou: "Longe de mim condenar este ou aquele". Contudo signifiquei-lhe que, se acaso estivesse em meu lugar, eu daria razão a quem de direito. Estando eu errado, com certeza o senhor meu irmão não teria guardado a neutralidade.

6º Quando porventura causo o menor prejuízo ao senhor meu irmão, ele me testemunha com amargura; mas, quando provo matematicamente ser eu o lesado, ele imagina que todo o mal está reparado ao dizer, com aquele tom agudo e decisivo: "Pois bem, errei". Ultimamente, censurei-lhe o fato de ter tido, quando me visitou em casa da senhora minha sogra, a indelicadeza de avançar casa adentro e não saudá-la diretamente e, ainda por cima, não saudar minha esposa. Ele respondeu que as afrontas recebidas por ele de minha sogra o eximiam de tais deveres! Desculpas mui reles por afrontas que a senhora minha sogra nunca lhe fez! Como não me quisesse demorar em explicações inúteis sobre o assunto, disse: "Que seja! Porém responde-me por que tu, no último baile dado pelo Círculo, passaste amiúde diante de minha esposa, dançaste face a face com ela, sem todavia dirigir-lhe a palavra, ao passo que eu saudei a senhora tua esposa e até sentei-me a seu lado para entretermo-nos agradavelmente, como soem fazer um irmão e uma irmã". Ele, preso aí em seu próprio laço, contentou-se em retrucar: "Pois bem, errei neste ponto". Dizer que errou não basta, era mister reparar a afronta. Esperando que assim o seja, submeto à minha mãe todos estes motivos de queixa, e apelo à sua justiça para que diga quem é o culpado, se ele ou se eu.

7º A infeliz paixão dos jogos de azar a tal ponto obnubilou o espírito de meu irmão que, um belo dia, ao sair do Círculo (ele soube que eu mandara vir muita bagagem, por temer o assédio das tropas inimigas), ele disse: "Consta que vens instalar-te em Draguignan!", com um tom de surpresa, eu diria até algo contrariado. Respondi: "Se porventura puder obter um lugar, essa é a minha intenção!". Meu irmão não respondeu mais nada, embora a sua primeira reação, suponho eu, devesse ser a de manifestar alegria. Qual nada! Tanta frieza, porém, dever-se-á à presença de uma paixão em seu coração, a paixão do jogo que fez dele um frenético. Entre um frenético e mim — oh!, mais justa das mães — a quem darás razão?

Acredite, minha mãe, que vais encontrar sempre em mim um filho tão cheio de imenso afeto, quanto respeitoso e submisso.

Robert Comps d'Artuby

pode se tornar sublime; raríssimos são aqueles que se encontram à sua altura.

No entanto, dizem ter havido multidões grandiosas na história: os exércitos da Revolução em 1792, e as multidões em Paris nos anos 1914-18, as primeiras cruzadas etc. etc. Respondo que, quando as multidões não são estupidamente animais, são todas magníficas, porque uma multidão é a expressão formidável de um sentimento ou de um chefe. As multidões tornam-se imediatamente acontecimento histórico, não são humanidade; tudo isso, hoje, é lugar-comum; só me resta calar, se acaso não encontrar nada mais interessante a dizer. Pouco importa! Essa autêntica carta de um cavalheiro minucioso dos tempos em que o mundo mudava de face, no ano exato em que o verdadeiro século XIX burguês nascia com a Restauração, deixá-los-á sonhadores, e os mais filosóficos entre os meus leitores descobrirão nesse encontro assuntos de meditação. São os meus votos.

2ª reflexão: ...não houve 2ª reflexão.

Carta ao deputado Ballan-Goujart sobre uma nomeação em Digne

Querida Prima,

A verdade é que meu genro não quer vir morar em Digne, pois não tem vontade de ficar perto de nós, uma vez que jamais teve consideração pela família de Lili. Porém, você compreende, estou pouco me importando com ele; quero mesmo é minha filha a meu lado. Pouco me importa! Fiquei pasma: é então exato que seu marido disse ao meu genro que não pode ser útil porque não conhece ninguém com influência o bastante? São manhas de meu genro para não ser lotado em Digne — é óbvio! —, pois o primo não poderia ter dito que não conhece ninguém com influência o bastante, uma vez que ele conhece, simplesmente, todo mundo! Pode ser que o primo, pessoalmente, não tenha relações diretas com ninguém no Departamento Pessoal, embora, indiretamente, sejam outros quinhentos! A começar pelo sr. Clementel, amigo particular dele (isso qualquer um sabe na Administração Pública), em seguida pelo sr. Mandel, até hoje muitíssimo chegado ao Clemenceau. No meu entender, essa pessoa seria suficiente para intervir junto ao sr. X***, que é tudo no governo, a fim de transferirem minha filha e o Léon para Digne, ainda que cause atrapalhações para alguns colegas. Um pequeno empurrão seu, e sairia a nomeação de minha filha, substituindo o idiota que atualmente ocupa a vaga e que poderia ser botado com facilidade para fora dali. Não posso acreditar que o primo tenha dito seriamente ao Léon que não podia fazer nada; certamente é o Léon que não quer! O Léon atendeu aos meus conselhos e disse que foi ver o sr. Z***, mas que o sr. Z*** não abre mão dele em Châteauroux. Não posso acreditar que não queiram abrir mão dele em Châteauroux, onde é muito malvisto, e só cometeu erros, segundo me contaram. Repare, minha cara Amélie, não estou pedindo uma promoção para o Léon, uma vez que Digne está na mesma categoria de Châteauroux, mas insisto só em trazer a minha filha, o que é muito natural — você também não acha? Sendo assim, que o primo tenha pena da minha situação. É minha filha que eu quero! Bem sei que uma coisa dessas não é nada fácil na Administração Pública. As transferências são um verdadeiro jogo de damas: para uma peça que se queira mexer, são dez as que é preciso deslocar. Porém, acaso os méritos não contam? Com uma intervençãozinha ministerial num alto escalão seria zás-trás! Em suma, trata-se de uma mãe, uma viúva de um funcionário do Departamento Pessoal, mãe de um funcionário do Departamento Pessoal e cunhada de funcionário do Departamento Pessoal. Vamos lá! Confio no primo para descobrir a pessoa, e em breve estarei sossegada, sabendo que nem tudo fica na dependência da má vontade de meu genro. Se não puder ser em Digne, que seja então na região. Não sei o que meu genro disse a vocês, mas, é claro, isso não tem importância alguma. É claro também que Léon não pode ficar sabendo que escrevi esta carta. É a coitada da Lili que arcaria com o prejuízo, como se um casamento infeliz já não fosse o suficiente.

Um beijo para você, prima querida, para o primo também, e as crianças.

Constance Goujart

P.S. Diga à criada então para deixar a mala de lado, até que apareça uma oportunidade para despachá-la para mim.

Carta sem comentários [Jeanne Galmot]

Filho querido,

Fiquei muito feliz com o retrato mandado através da Madeleine, sobretudo vendo o seu contentamento! Aconteça o que acontecer com você, sou sua mãe, e algum dia há de saber o que é ter um filho, se você se casar, ou do jeito que for. É seu o automóvel que aparece na fotografia? Deve ser, sim, porque o significado da foto dispensa você de escrever uma carta comprometedora com relação à polícia. Embora a Madeleine tenha dito que podemos escrever através dos conhecidos da Bélgica, compreendo que a recíproca não possa valer sempre na triste situação atual. No entanto, é uma beleza de automóvel! Ideia esquisita pedir para baterem sua fotografia no vidro de trás! Preferiria vê-lo de corpo inteiro. Foi também para se precaver? Se a razão for essa, filho querido, foi bem pensado, porque o pessoal da polícia é de amargar. Tem sido um deus nos acuda desde a sua partida! Imagine só que vieram me trazer a notícia de sua morte, contando que certo Jules Galmot foi baleado em Grenoble, como espião. Não deixei escapar um "a", e aparentei o maior desespero; assim, o joalheiro, se também acreditar que você foi morto, quem sabe não dê o processo por encerrado? Fui até lhe mostrar o jornal *Le Matin* onde noticiaram o caso. De outra feita, vieram dizer também que você, quando passava a fronteira suíça por dentro da floresta de Bellegarde, conseguiu convencer os *gendarmes* de que havia esquecido um relógio no trem, e os fez rir; depois deixaram que fosse procurá-lo. Contaram que você escapou correndo estrada afora, e que eles foram ao seu encalço a cavalo; que você se atirou do alto de uma ponte, e que descobriram o seu cadáver e reconheceram pela marca da camisa. Quanta falta de sossego a minha, Jules querido, porém, nem que for na cadeia, prefiro saber de você vivo, filhinho! Para um coração de mãe, você compreende? Parece que naquele momento você estava hospitalizado tranquilamente em Lyon, por causa de uma luxação no pé. Mas como foi que conseguiu atravessar a estrada com a luxação no pé e sem chapéu? Pelo menos, tem conseguido se alimentar direito? Em suma, contaram que você foi baleado em Grenoble. Enquanto isso, eu estava escrevendo aquela carta engraçada do navio, nas Canárias, com a história das bananas que custam um preço de nada, e onde se poderia passar a vida comendo só bananas. Tudo aquilo era invenção pura para pegarem a carta — e foi dito e feito! —, afastando as suspeitas sobre o seu paradeiro. Porém estava vivo, eu sabia, porque morto nenhum escreve. Com essa imaginação e todas essas ideias, você puxou a seu pai, o pobre homem. Que desgraça! Pois é, porque todas as nossas desgraças aconteceram por culpa dele; se aquelas invenções não o tivessem deixado na miséria, e se não nos tivesse abandonado a nós cinco, para fugir com a tal Elisa para a Inglaterra! Você seria como todo mundo, em vez de ficar aí na Alemanha, rodando em automóveis que nem sequer são seus, provavelmente! Com essa inteligência, você teria ido estudar numa escola do governo, na Escola Normal ou de Belas-Artes; mas Deus não quis, são provações por que temos de passar, infelizmente! Toda a culpa é de seu pai; não posso, portanto, ficar magoada com você por estar sendo obrigada pela polícia a comer o pão que o diabo amassou, pois, apesar das preocupações, sei que, esperto como você é, vai se livrar sempre. Também posso dizer que não estou me saindo nada mal. Cheguei a ganhar as boas graças do juiz de instrução; ele prometeu interessar-se por você caso for apanhado, e também o sr. Brieux, da Academia de Letras. Fui à casa dele, fazendo-me de boazinha e vestida com luto fechado. Por pouco não lhe contei tudo, porque é gente de bem, e até filantropo.

Ainda assim, mal pode imaginar o meu choque quando nosso amigo joalheiro veio dizer que você havia roubado uma pérola de gravata. Eu chorei, e jurei que não era verdade. Não tinha coragem de perguntar a você, nem de falar com você. Quando você me disse: "Vou-me embora para a Suíça!", pensei que talvez houvesse um fundo de verdade, então. "Fazer o quê na Suíça?", perguntei. "Não se preocupe!", foi a resposta. Fui até a estação de trem acompanhá-lo e fiquei atrás da porta de vidro. Depois, no vagão, você deu aquele sorriso e eu o vi pondo o alfinete de gravata que você tirou do bolso.

Foi assim que fiquei sabendo. Apesar dos pesares, você ainda é meu filho, não é mesmo? Você ainda ama sua mãe, filhinho? Reza de vez em quando para Deus pai que protege os bons e os maus? Diga que sim, ou melhor, não responda nada, para não se arriscar.

Mando um beijo cheio de amor, meu filho mais velho querido.

Jeanne Galmot

Carta de 1920

Prezada Anaïs,

Você pediu notícias e aqui em casa, quanto à saúde, vamos indo bem com a graça de Deus; entretanto, prezada Anaïs, embora a saúde seja o mais importante, não é tudo, e esta que hoje escreve a você é uma mãe muito tristonha. Bem sabe você, e não é para contar vantagem, que cumpri meu dever como qualquer um durante essa guerra pavorosa. Você sabe, pois servimos no mesmo hospital; não sei se você teve motivos para arrependimento; quanto a mim, fui pessimamente recompensada no tocante aos filhos, porque posso dizer que eles se desencaminharam, e só Deus sabe onde isto tudo vai parar. A Marie foi influenciada por minha tia Bompard e está ficando igual a ela. À mesa, não abre a boca, como se não fôssemos dignos de compreendê-la; quando vou chamá-la com bondade para conversarmos como antigamente, retira o meu braço do pescoço. Disse outro dia: "Não comece com esses mimos!". Vive calada, ou fica então no quarto de cima com seus livros; confessou que decidiu ganhar a vida, e só vai pensar em casamento depois dos 30 — e olhe lá! Por conseguinte, terá então de viajar para Grenoble e preparar o exame de conclusão do curso secundário. Quem diria, prezada Anaïs, que acabaríamos tendo mais alguém de casa no magistério, além daquela anarquista da tia Bompard! Isso não condiz com o nosso modo de pensar. À mesa, é uma autêntica cena de teatro ver o Marcel sentado em frente à irmã, porque o Marcel está ainda mais mudo que ela. Faz uma cara de quem teria muito a dizer, embora não diga nada com receio de nos faltar ao respeito. Quando temos alguém à mesa, ele então fala, embora saia com tudo quanto é despropósito. Diz não existir nada melhor que a guerra, que todo mundo está na terra para se devorar como bichos e vários pensamentos da mesma espécie. Você conhece bem o padre Texier, de quem ele recebeu a primeira comunhão; pois bem, disse-lhe que Nosso Senhor era um homem que nunca cogitou em sua Divindade, e, quando o chamam de Filho de Deus, significa que foi apenas mais inteligente que os demais. Você deve compreender que eu nem sequer consigo lembrar todas essas loucuras, mas é só para contar no que se transformou a nossa casa. Nesse meio-tempo, o pequeno Jules lê jornais de esporte à mesa, puxando o seu pedaço de pão como se fosse elástico. Antigamente, comportavam-se todos com tanto respeito quanto o vovô quando estava falando de Napoleão I, a quem seu pai havia servido. Hoje em dia, o Marcel corta-lhe a palavra: "Pare de contar histórias que o senhor mal conhece! Você julga Waterloo como se um soldado do Marne soubesse uma só palavra do que se passou! O seu pai lá esteve, e daí?!". Isso, Anaïs, é o meu filho Marcel! Meu marido, depois de passar pelo que passou na guerra, não tem mais a mesma disposição. Continua a mostrar o museu, uma vez que em nossa cidade é hábito o conservador ser também cicerone; contudo o que o deixa revoltado é ver a insolência da classe operária. O fato, prezada Anaïs, é que passeiam de tamancos pelo Jardim Público, onde não ousariam pôr os pés nos tempos da aristocracia. Você talvez tenha ficado sabendo que o filho da nossa empregada Louise enriqueceu, ganhou 2 milhões, comprou o Parque Abour e tornou-se prefeito em Saint-Opportune. Nem cumprimenta meu marido e olha para ele rindo. Entretanto, nós fizemos de tudo pela mãe dele! A velha Louise vem nos visitar e até chora. No tocante à minha cunhada, está tudo na mesma; ela continua sempre a me tratar pessimamente. Na semana passada, precisei comprar um par de sapatos: "Para o meu irmão, ninguém sai para comprar sapatos novos, porque custam muito caro!", disse ela. Aí está, prezada Anaïs, como estamos vivendo desde a paz. Quem diria que nossa dedicação seria recompensada dessa forma?! Porém são sobretudo os meus pobres filhos que me deixam aflita. Tenho vontade de mandar o pequeno Jules para um colégio interno. Ninguém entende o palavreado dele. Nessas condições, a casa não anda nada alegre; por isso não convidei você no verão passado.

Um abraço apertado, boa prima e amiga; e peço que reze por sua prima muito infeliz.

Noëlie Bourassin

A carta do poeta moderno

Cara Irma (cara demais para um poeta),

A canção de ninar explode ao estardalhaço do tambor; o maçarico de solda autógena tomou o lugar dos fósforos nas lâmpadas de arco voltaico! Não consigo aplacar a sede com o vaso do teu coração — o vaso do teu coração — um simples vidro de conserva, com pepinos no vinagre que são teus amantes preferidos. Os negócios andam mal, vendi um poema por 3 francos e 95; não tenho dinheiro para substituir as gravatas que cortaste para fazer chapéu. Por sorte, o que fica fora do ponto de mira fixado em meu estômago, vazio, é do âmbito do não ser. São esses os 21 dias de um neurastênico! Falemos de negócios. Que fim deste ao meu guarda-chuva? Espero que não tenha sido queimado. A sra. Fayot, minha mãe, disse: "Se quiser que compre luvas brancas para você, vai me prometer que abandona a literatura!". Prometi, mas promessa não é dívida; vou te dar de presente as luvas brancas — para os teus amantes. É isso mesmo o que somos: alma de rufião, a boca no coração, o coração na boca — tudo artefatos de borracha vulcanizada. Não estamos de pileque... Não conheço nada mais imbecil que a literatura de X. A todas as palavras que te escrevo, rasgo uma página de minha vida. Se tu ao menos as costurasses numa brochura com teus róseos dedos, no tear por onde as costureiras passam a linha (entre parênteses, a pior espécie de operárias, as costureiras). Meu coração está espetado ao teu, usa-o como broche. Tenho um amigo belga! O nome dele é Robert, homem saliente, gabola e dissimulado, tem cabelos de sobra; vou apresentá-lo na quinta-feira. Oh! por que não ter colhido as rosas de setembro em Chartres! Repudiastes meu sôfrego amor, Sidonie! Até segunda! Como um rei mago, irei ofertar-te o queijo; quanto ao soneto, farei dele um cone para embrulhar uma azeitona. Sou interrompido pela noite que vem caindo do monte Sinai, a única contra a qual os mil olhos elétricos deste café não podem nada... Fiz planos para elevar tua alma até a minha; no entanto, os teus pensamentos estão sempre voltados para os *dancings*, palavra que não rima com esfinges. Quando menino, fui criado no quarto da babá que Steinlen projetou, razão pela qual adoro gatos (trocadilho meu, incompreensível); eu hoje tenho dificuldade em comprar um agasalho, por isso, se um dos teus amantes esquecer o sobretudo no canto da lareira, ou da tua camisola, ficaria grato se pudesses fazer uma cópia e a expedisses de volta com a tua resposta.

O desejo, casta Irma, de mergulhar meus olhos nos teus, e o de prestar minha homenagem, Senhora, foi a finalidade desta carta sem pé nem cabeça, apesar, evidentemente, de genial.

Maurice Fayot,
Homem de letras
Boulevard du Mont Parnasse

— Essa é boa!... Você consegue me ver transformada na sra. Máquinas de Lavar Fayot?!

— Em que é pior do que outra qualquer?

— Minha amiga, tenho um coração de alcachofra! Jogo as folhas por toda parte, e depois ando por cima delas!

Consequências da carta

Maurice Fayot ganhou um sobretudo folgado demais e vendeu. Foi o terceiro que ganhou em oito dias. Mandou seus livros de presente ao cavalheiro gordo, que respondeu com um convite para jantar no restaurante Prunier. Durante o jantar, Maurice foi correto e tímido.

A sra. Fayot, a mãe, recebeu a carta seguinte:

À VIÚVA FAYOT,
proprietária das Máquinas de Lavar Fayot,
Boulevard Péreire, 144

Minha senhora,
Alguém que a estima e deseja permanecer incógnito informa que seu filho pediu em casamento uma mulher da vida. Essa mulher da vida chama-se Irma e mora à rua La Bruyère, 35. Para bom entendedor, adeus.
Assinado: Alguém que a estima.

A viúva Fayot, que pôs para fora de casa o filho desde que ele se declarou poeta, quando recebeu sua visita de Ano-Novo, não ocultou a carta anônima.

Maurice, realmente, não se lembrava da promessa de casamento. Falou de Irma num tom alheado e desdenhoso: "Irma, ah sim, uma pequena bem insignificante". Só de pensar que seu filho pudesse desposar uma mulher à-toa, a sra. Fayot chorou junto ao tio Adolphe:

— Só mesmo os poetas poderiam encarar o casamento com tal leviandade — disse o tio Adolphe.

— Enfim! As Máquinas de Lavar Fayot são um nome! Meu filho tem um nome! Não existe mais respeito nem pelo próprio nome! Não existe mais respeito nem pela própria família! Se não existir respeito pela própria mãe, então, quem é que se vai respeitar?

— Longe disso, Amélie, longe disso! Você está exagerando as coisas. Existe respeito por tudo, sim, e vai ainda existir respeito por tudo durante muito tempo. Louvado seja Deus! Maurice simplesmente tem de ser fiscalizado! Em suma, é um inconsciente; você sempre o mimou muitíssimo. Aí está o resultado! Desde o dia em que foi viver longe de casa, você passou a pôr dinheiro demais nas mãos dele. Você sabe como são as mães!

Carta do tempo de Henrique IV

Ao senhor Miron le Fils.
Serviço do sr. de Villeroy
Regimento do Rei
Mousseaux.

Aos 30 dias do mês de maio de 1596.

Senhor,

A senhora l'Escuyer, aos 75 anos de idade, e a senhora Bragelonne, aos 71 anos de idade, faleceram ao final deste mês em Paris. Ambas haviam sido amigas de sua avó, e a última era da mesma idade, o que a senhora minha sogra temeu como manifesto sinal de ter chegado enfim a sua hora. Neste mês, muitos morreram de sarampos e pleurisias e vários foram atormentados pelo diabo, gritaram que estavam danados e que até Deus estava colérico, contudo ninguém se emenda. Na sexta-feira, aos oito dias do mês, foi enforcado na Place de Grève um jovem de sua idade, chamado La Ramée. Foi ele acusado de querer atentar contra a pessoa do Rei, o que vem a ser a pior de todas as loucuras e digna do mais cru suplício. O dito jovem dizia ser o filho natural do falecido Rei Carlos IX e, nessa qualidade, estivera na cidade de Reims pedindo para ser coroado Rei, segundo o bom uso e antigo costume. A Justiça do lugar decidiu, em poucas palavras, trocar as pretensas honras e mercês por uma corda, e o jovem de Rei tornou-se Réu. Eu o vi então na capela, ele disse a todos que nascera em Paris, embora tivesse sido recolhido em segredo em casa de um fidalgo na Bretanha, a 5 léguas da cidade de Nantes. Os seus bons modos convenceram a toda a gente (como também a mim) que era de condição e qualidade. Pois havia algo de majestade escrito em seu rosto. Mas suas súplicas foram atravessadas por um movimento do espírito que o levou à morte, embora, em outros tempos, tivesse sido castigado com um confinamento em um mosteiro, o que parece ser punição suficiente para um pobre louco, se os temores da Liga não estivessem ainda assaz frescos em todas as lembranças. Isso foi a razão de assistirmos à execução desse filho da França na Place de Grève, em Paris, o qual não consentiu nunca em pôr os joelhos no chão para ouvir a sentença, por mais forte que fosse a insistência dos oficiais de justiça.

Quando o prenderam, acharam em sua algibeira um lenço encarnado, sobre o qual foi interrogado pelo desembargador Riant. Respondeu ele que assim mostrava quão católico era, de pura e boa consciência, e inimigo jurado dos huguenotes, os quais mataria, estes maus e perversos homens, tantos quantos pudesse, e os perseguiria a ferro e a sangue. Pelo que disse acima, o senhor desembargador perguntou-lhe com qual autoridade e com qual poder pretendia praticar tais atos. Respondeu que o faria como filho do Rei Carlos, seu pai, que principiou a matança da Noite de São Bartolomeu, e a qual ele próprio remataria, se acaso Deus permitisse e recebesse a boa e devida sucessão de seu Reino, juntamente com diversos pareceres e opiniões que disse e, entre outras papalvices, as revelações que lhe fizera um Anjo, testemunhadas por diversas pessoas, que logo se desdisseram e pediram perdão público. Ouvindo essa historia, Sua Majestade deitou a rir, e disse que o jovem chegara tarde demais, ou então deveria apressar-se enquanto ele estivesse em Dieppe.

Um fidalgo, morador da rua Saint Denis, perto da igreja do Sepulcro, visto que houvesse em sua casa uma cadela prenhe, disse estas palavras: "Quero que ponham no primeiro cachorro parido desta minha cadela o nome de Henrique de Bourbon". Na casa de outro morador, encontraram um retrato do falecido Rei cercado de serpentes e sapos, o qual mandara fazer a pintura como provocação. O sr. de Villeroy, falando do senhor, meu filho, a Louis Margot, conselheiro da Corte, disse-lhe que o reconhecia fiel a seu serviço, além de ser bom cavaleiro, simples e mui devotado, ainda que cabeça-dura.

A sua mãe e eu rogamos para que Deus o tenha em Sua guarda.

Miron

tanto, ele que não pertencia à casa. Devia ser obra da Liga, ou de outra sociedade secreta; consta que todos os assassinos do rei serviam-se de uma adaga de dois gumes, com um coração gravado ("um coração ferido com três chagas"). Toda a família Chatel foi encarcerada, o pai banido do reino por nove anos, e de Paris para sempre. O pai! Estranha justiça! A casa foi demolida; em seu lugar, construíram uma pirâmide onde o drama inteiro era narrado, de alto a baixo. Que epopeia, meu Deus! Por que fui me meter nessa enrascada, hoje, quando bem poderia... Continuemos, porém! Eu mesmo me sinto conspirador, inteiramente, e todo negro. Prossigamos nessa atmosfera de melodrama.

A partir de agora, a cena representará um quarto de albergue em Lyon, no século XVI: banquetas, vigas aparentes de madeira, camas de colunas torneadas, oxalá! No primeiro plano, um digno dominicano chamado Seraphim, que vai ficar em instantes bastante escandalizado; em seguida, um jovem bateleiro, cujo nome é Barrière, armado "com uma adaga de 1 pé de comprimento, gume de ambos os lados, pontiaguda, recém-afiada e reluzente". Tremam agora, leitores! O jovem Barrière pergunta ao padre dominicano se é permitido, nas atuais circunstâncias (1593), suprimir os reis incômodos. Reparem que houve pelo menos onze candidatos à coroa da França, sem contar aquele François de La Ramée que, afinal, bem poderia ter sido um dos Valois e filho de Carlos IX! Bela carnificina se cada qual fizesse desaparecer o candidato vizinho juntamente com os seus partidários! Deixei de mencionar: a cena está dividida em dois por um tabique, e por detrás do tabique encontra-se um fidalgo que não perde uma só palavra do diálogo. O fidalgo chama-se Brancaléon, bonito nome! Brancaléon não pôde senão felicitar o padre dominicano, pois dirigiu ao rapaz um discurso humano e virtuoso. Foi Brancaléon quem mandou prender o jovem bateleiro em Melun, visto que estivesse a espreitar "deante da casa do Rei".

No ano seguinte, estava Henrique IV no palacete do duque de Nemours (esse duque de Nemours é mais um conspirador). A propósito, leitor, creio dever preveni-lo de uma maçada. Falta-me espaço para contar os complôs de cabo a rabo, e os comentários vão ser o avesso de um comentário, quer dizer, serão uma seca enumeração... Eis-nos, pois, em frente ao palacete Nemours: um toneleiro foi apanhado ao se esconder num dos quartos por onde o rei havia de passar, tendo em sua mão destra uma adaga de dois gumes. Chamava-se, o toneleiro, Jérôme Languedoc. Consta que sua mulher dizia em altos brados na própria rua onde habitavam, rua de l'Arondelle, que o marido ainda faria uma asneira, arruinando os filhos. Pesava já na consciência do dito toneleiro da rua de l'Arondelle um belo assassínio, o de uma huguenote, "relojoeira do Rei".

Um tapeceiro de Paris, não me acode o nome, ao voltar para casa no Natal, depois da missa do galo, gabou-se em plena rua de que teria uma pirâmide como a de Chatel, muito embora sem errar o golpe.

"Terça-feira, 22 de dezembro de 1594", conta o diário de um burguês da época, "na ocasião em que o rei chegou em St. Germain-en-Laye, foram presos oito malfeitores, sendo suspeitos, por suas palavras e pelo modo com que desconversaram, de virem com o fito de matar o rei, pois inteiraram-se da hora em que passaria, se estava com grande escolta, que roupas trazia e diversas circunstâncias que os mandaram à forca sem mais delongas, porque foram executados na mesma noite, à luz de archotes. Foi um fidalgo do rei, d'Arquien, quem os descobriu e mandou prevenir Leigoli, o preboste do palacete. Um daqueles finos cavalheiros era boticário, e como tivesse pedido para falar com o rei, Sua Majestade indagou a que condição pertencia. Responderam que era boticário: 'Ora essa', disse o rei, 'tornou-se costume exercer o ofício de boticário no meio da rua? Ficam então emboscados à espera de transeuntes para lhes ministrar clisteres?'"

Belos fatos variados! Tão cheios de cor! Tenho vontade de aproveitá-los em magníficas narrativas, se a arte da narrativa histórica não exigisse tantos estudos e tempo! Realmente, por vezes o romance histórico já está pronto. Escutem este:

Um cozinheiro parisiense, nos dias de hoje, por obra e graça dos fabricantes de comida em conserva, é mais ou menos conscientemente um envenenador. Já na época de Henrique IV (cujo prato predileto foi a *poule au pot*), para chegar a tanto haveria de fazer parte da Liga, ele ou sua mulher. Nicole Mignon engendrou o delicado plano de mandar o marido envenenar o rei. Quando um marido é cozinheiro — não é mesmo? —, é natural que tenha alguma serventia. O mais difícil foi chegar ao palácio do Louvre. Grégoire Mignon era cozinheiro do duque de Mayenne, apenas: para alcançar semelhantes empregos, cargos tão altos como o de cozinheiro do rei, há que se recorrer a proteções. Cozinheiro do rei, cáspite! Mas nada é impossível para os que creem em sua missão, e haveria missão mais nobre do que livrar a terra de um monstro? Vejam, por conseguinte, como a danada venceu os obstáculos! Ela articulou tão bem que foi ter com o bravo conde de Soissons; como conhecia profundamente o coração humano e os meios para tocá-lo, lisonjeou o bravo conde, declarando sem rodeios que fora talhado para ser rei e que seria o maior príncipe do mundo! Por sorte, o conde de Soissons não era nenhum pateta; era até, pelo que vejo, um ótimo juiz de instrução, pois concedeu uma longa conferência à senhora Nicole, tomando ao mesmo tempo cuidado para ocultar testemunhas; foi tão ousado, fez tão bem as coisas que ela se pôs a desfiar o rosário inteirinho e foi presa. Isso aconteceu em Paris.

De toda parte chegavam assassinos. Eu já mencionei aquele italiano que alguém sustentou em Paris (sem dúvida, o "alguém" foi o imperador germânico) à razão de 25 escudos mensais, e que, quando não pôde afogar Henrique, fazendo-o errar o vau numa passagem que sabia perigosa, inventou uma balestra especial para matá-lo mais seguramente? Eis o capitão de um bando de salteadores, chamado Merleau, que se retirou das grandes estradas para conseguir a pele do rei herético convertido. Um advogado, Jean Guédon, deixou de propósito Angers com a mesma finalidade. Preso em Chartres, em seguida foi enforcado em Paris. O *signor* Graziano Graziani, um "refinado canalha", saiu de Milão para uma viagem semelhante. Dois gentis-homens de Bordeaux foram pilhados antes de ter podido chegar a Paris, para servirem-se de uma balestra "do tamanho de uma panela". A balestra foi expedida ao rei. Um homem de Perpignan teve a pachorra de comprar uma casa em Fontainebleau, de ir até lá e hospedar numerosa e tenebrosa companhia: a casa foi invadida, achava-se repleta de "cartas cifradas". O sr. de Thumery comunicou em carta ao rei que quatro indivíduos talvez chegassem ao palácio do Louvre, vindos da Espanha "supostamente para lhe prestar serviços", mas em realidade para assassiná-lo. Eram dirigidos por um agente espanhol, Alfonso de Ledesma, que percorria a Bretanha fomentando o ódio.

O resultado! Acreditam que o rei se inquietou com tudo isso? Nem pensar! Prosseguiu beijando publicamente suas marquesas, indo à feira comprar joias para elas. O resultado, disse! Pois bem: foi o regime da suspeita, o reinado da polícia, que é o instrumento de todos os arrivistas da política, sejam eles o rei Henrique ou o imperador Napoleão III. Prenderam, soltaram ou, o mais das vezes, enforcaram no ato. Porque o rei estava com uma retenção de urina, receberam voz de prisão todos os estrangeiros que se encontravam em Paris (nem todos!), e foram liberados depois da melhora. Prenderam um carregador chamado Chrétien Maupassant porque, no dia em que o rei ia comemorar a Páscoa em Vincennes, surpreenderam-no na Floresta com uma adaga (a famosa adaga de dois gumes, gravada com o coração e as três chagas, suponho). Foram presos um arquiteto, Riquier Matassin, e também a sua adaga de dois gumes etc.; um soldado chamado Châteaufort que, armado com a mesma adaga, procurava aproximar-se do rei, um charlatão que não tinha outro desejo senão exibir um gato amestrado diante de Sua Majestade (o charlatão não tinha a adaga de dois gumes, todavia o supunham feiticeiro); um mestre de obras de Paris, chamado Pierre Carnaud, e um mestre padeiro, chamado Marcel Bailly; um taberneiro da rua de la Huchette, dono do comércio Puits-Sans-Vin, e quatro clientes seus; um François Richard, senhor de la Voulte, do Regimento de St. Étienne na região do Dauphiné; um louco chamado Jean de l'Isle e, finalmente, certo Alcindor de St. Germain des Raqueville e seu cirurgião Simon Tourmente, "possuidor de basta cabeleira e barba até a cintura".

Bem entendido, a calúnia e a vingança valeram-se do estado de espírito reinante. Exemplo: o incidente Chazeul e Dubourg, história de dois fidalgos que advogaram tão bem a sua causa junto ao bom rei que o convenceram de sua inocência, e o incidente daqueles três soldados da guarda real, que pareceram ao rei tão inocentes... que ele não conseguiu mais acreditar que fossem culpados.

Carta de uma empregada

Patroa,

Com çua licensa discrevê pra cenhora éças linha di agradecimento i comu mi arãjarão trabalio na caza du ceu Livet dasimbala-
jem pra custurá lona com barbanti i vão mi pagá 3 franco por día
i não tenhu custumi di pidí i quandu si tem saude é u prinssipau.
Com çua licensa discrevê pra cenhora purquí tivi di çaí cem dá ça-
tisfàção i nem mi dispidí i nem voutei nu día ceguinti. A patroa
deveu dize pru ceu Paul acim ssêje, ela é ingrata i não tem coração.
U Senhor seje louvadu num sô ingráta i nem cem coração purquí
açende fogu na casa dozotro todu çantu día i desdi amanhecê u su-
brinhu da cenhora pricíza i pra aula cedu cei que issu não e quauqué
úma qui fás purisso trabaliei di operaria na fabrica i nunca tinha
trabaliadu di impregada i foi cum pe nas costa ceu Paul díci pra
cenhora cum certesa qui eu intregava saco di carvão i cem ondi dor-
mi cum filiu içaí pra bebê cum ozomem toca pucha carroçinia toca
subí cum çáco di carvão nas costa. U ceu Paul teve dó di mim tira
di la du carvão comu istava i não quís asseita in troca ço um cópu
u día qui mi viu na rua Dangouleme purque é omem da sociedadi
comu tivi a onrra di disê pra cenhora u día qui xeguei mas u que
quimporta pra um omem bom acim uma operaria di fabrica e pra
disê qui não çou ingráta i nem cem corassão cum impregu bom di
impregada posso disê qui foi um impregu bom dimpregada neça
caza. Louise Coudert vem díscasca irvílias, Louise Coudert menas
sujeira nu óu, Louise Coudert esteje de pé a ceis. Acim sêje. Serviçu
num imjeito purquí não sô di priguissa i a cenhora da mão purqui
não é di priguissa pertu du fogu na sala de janta i não fis queicha
por caoza darrumadera purquía cenhora não ia ci disfazê déla purquí tala fas pra mais di trinta anu qui é qui cuandu eu nassí. Porissu
ela fes queicha qui çô di bebedera i bandaliera cum ozomem cual o
que. Merlin nunca intregô um semtavo nem çocorreu u filiniu fas
mais di oitu anu çumidu i cem dá sinal. U día qui veiu ve os moveu

díce qui eli não ia botá a mão numa cadera i qui êle sabi qui não pode cumigu i tentô dá uma bolaxa i dissi que ço das qui o juis de pas manda pra coitada da criãnsa i não gostu dus juis de pas. Criei a criãnsa i não fui na delegassía i si ganhá vai mi dá ordenadu i arrumadera díssi qui çou mulié di bebedera i a cenhora respondí qui im çúa casa não tem pirígu intão u ceu Paul levô a criãnssa na benefissiençia di Verneuil i na ida di dela pressizei pega de vouta purquí u dinieiru não da pra paga i u pae não que dá i mais reconieceu i mais dís bemfeitu qui eu qui quís fazê intão eu díce: quem ti mando mi obriga di forssa intão u filiu num taria nu mundu mi discupa a boca suja intão a cenhora dís e ingráta i não tem corassão purque fui embora cem me dispidi i cem volta mais tenio a cabeça acim dice ca cumigu vai ave briga cum arrumadera i é melió fazê as mala ja i eu não queria cria cunfuzão in relação cum arrumadera i díce cacumigu é melió eu ir imbora i a cenhora axa qui eu não çabia u qui dizê intão fui mbora cem dizê. Deixeu dizê qui u pedassu di carni amãniecida não foi eu qui cumeu não sei quem foi este ou aquele qui cumeu mais a cenhora num fas questão mais num foi eu.

Num vô esquecê sua bondadi cum migu i saudassão pra cenhora i u ceu Paul tãbeim, qui é bem bom e tudu esse cavalieiro.

A ssua devotada,

Louise Coudert

Carta de um empregado das lojas Entrepôt Voltaire

Hospital Lariboisière

Prezado colega,

Escrevo do hospital onde estou de pré-aviso, como talvez lhe tenham comunicado por intermédio do Charles. A rescisão do contrato é para muito breve, e nem pensar em entrar com recurso para prorrogação da vigência. O paletó está mais para madeira de pinho que de lei, não acha? Desde que não muito agarrado, serve... Se for preciso, manda-se ajustar os botões. Dormir domingo o dia todo e os dias de semana também, porque estamos na temporada de morte, é o caso de se dizer. Preveniram-me de que o novo representante da seção N o indispôs com a freguesia, e que você será admitido na loja como vendedor interno por obséquio especial dos patrões, que no fundo são boa gente. Isso ainda é melhor do que fazer como o sr. Édouard: tanto por cento por dia nos subúrbios, desde o amanhecer, com 19 quilos nas mãos.

Vocês, representantes comerciais em cidadezinhas de interior, são gente que está sempre na estica para não fazer má figura. Também pudera! Dependem das porcentagens e são responsáveis pelos negócios (também nós temos uma participação agora!). "Hoje, tanto! Amanhã, tanto!" Já quando passam a mexer nas bugigangas dentro da loja, aí é só: "Defendo o que é meu, o resto que se dane!". A partir desse dia, vai tudo por água abaixo, um desmazelo. Por exemplo, o sr. Octave, que continua usando a sua coleção de inverno durante todo o verão por trás dos balcões, com as meias caídas por cima das chinelas. É estar bem-trajado uma arrumação dessas? Pois bem, digo que se você quiser chegar a ser um vendedor de fato na firma, como o sr. Henri ou a srta. Renée, para início de conversa deve ter ar de rapaz perfeitamente apresentável em qualquer ocasião, do tipo família, pronto! Ou seja: vestir-se do bom e do melhor, em estilo moderno. Em estilo excêntrico, nunca! Serve, na melhor das hipóteses, para a província! Mesmo na província, o estilo inglês é preferível ao espalhafatoso. Deve estar chique, mas com um corte distinto, burguês. Se for terno, o paletó não muito cinturado! Quanto ao sobretudo, nada de mohair: lã! apenas lã! Tecido fantasia, nunca: casimira! casimira! Vou dar instruções especiais, enquanto estou vivo, para você agir do jeito certo: ou leva os chefes direitinho na conversa, ou não chega lá. Nunca dê o sangue diante dos colegas, você vai passar por caxias, e ninguém aprecia isso; basta ter ar de não viver na flauta, é só! Veja como os outros fazem: quando aparece uma novidade, aqui e acolá, ninguém corre para saber o que aconteceu ou deixou de acontecer; agora, se você fingir que não se deu conta de nada, vai parecer que é sorrateiro. Como fazer? Pois bem, basta soprar ao vizinho que há novidades, na moita. Pronto! A mesma coisa quando você der um dedo de prosa... converse baixo, se tiver topete para tanto; é óbvio que não precisa resmungar, olhando para este ou aquele; o que iriam pensar? Tome cuidado também, pois, se você puxar conversa com os subordinados, vão dizer que é "falta de classe", e, se for com os chefes, vão tratá-lo de dedo-duro. Em suma, tudo isso é simples rotina! Rotina que qualquer pessoa inteligente domina fácil. Nas conversas, nunca diga que está contente, porque depois, na hora de pedir aumento, pode esquecer! Não fale bem dos chefes para não ser tratado de bajulador, mas também não fale mal: são boatos tendenciosos e vão denunciá-lo. No tocante aos chefes, tudo é sabido, porém, na firma, são informações anônimas, vale dizer. Quanto ao Ligier, é um informante e tem um cunhado que "prevaricou". Quanto ao Boivel da seção de Couros, esteve na prisão por agressão qualificada. Quanto ao Tardieu, pegava na enxada. Demoulin, o baixinho, foi padre. Évrard, da joalheria, tem aborrecimentos em casa. Leclerc apavora-se com tudo e faz economias, colecionando um monte de coisas velhas. Genreau, dos Móveis, teve dor de cabeça com os filhos, que ele protegeu demais. O Gérard, dos Tecidos, toma a palavra nas reuniões socialistas. O Nocard, das

Novidades, o piano; o Pajean, dos Brinquedos, tem um apartamento todo decorado com rendas. Para o Forgeot, das Porcelanas, o que conta são as relações na alta sociedade. Não se esqueça de que você, quando um colega for posto na rua, não apenas deve virar a cara, mas considerar como se fosse um enterro, compreendeu? Também deve tomar o partido da sua seção contra as outras seções, sem procurar justiça; um dia, na nossa, disseram que os casacos de pele do Nocard eram fabricados com seda, cola e pedaços de barbante; um novato, então, disse que não era verdade e que os casacos do Nocard estavam dentro das normas. Ah! que pontapé recebeu ele do Gérard, o nosso chefe Gérard, a despeito de ser socialista! É socialista, mas enquanto chefe tem direito; já você, não tenha opiniões e não banque o doutor. Você com certeza vai replicar: "Pouco me importa, enquanto o salário estiver caindo no bolso todo mês". Ainda bem! Porque não se deve bancar o espertinho. Você conheceu o Zeller, que foi subchefe das Sedas? Vocês, vendedores de praça, não estão a par do Inventário. É costume durante o Inventário das Porcelanas, na seção do Forgeot, venderem peças com defeito aos empregados da casa. Nove francos! Deixaram ao Zeller uma sopeira estilo Renascimento por 9 francos. Zeller, unha de fome, não queria pagar mais de 5. Você também sabe o quanto o Forgeot é benquisto por todos e pelos patrões. Isso não impediu que naquele dia, depois do papelão, ele ficasse com o Zeller por aqui e não pudesse mais vê-lo pela frente. O Forgeot, um belo dia, foi até as Sedas e pediu um retalho para forrar um abajur. Estava contando que o Zeller lhe desse de graça, e foi se chegando com aquelas amabilidades, como sabe fazer. O Zeller percebeu a manobra e cobrou dele o preço por atacado. É no que dá bancar o espertinho. O Forgeot conseguiu que o Zeller fosse mandado embora por desacato, embora tivesse sido correto com o funcionário Forgeot, porém nem sempre a questão é de justiça. Mais um exemplo para não se bancar o espertinho. Tínhamos nas Fazendas um colega chamado Talmas, que todo mundo achava maçante com sua mania de peças de teatro; ele participava dos "Filhos de Molière do XIII *Arrondissement*". Um dia, quis recitar o papel de Cardeal para o Bercerot: "Se você estivesse com sua mulher doente em casa, a sogra de cama, se tivesse de cuidar de filho e da cozinha quando voltasse do expediente, se fosse vigia noturno na loja do Golley para pagar o médico, nem cogitaria em Filhos de Molière". Ah! Coitado do Talmas! Depois do caso, ninguém mais lhe dirigia a palavra e ele pediu para ser transferido de seção. O Talmas, para se desforrar, contou garganta sobre um primo que é engenheiro: "Não passa de um proletário intelectual como nós", respondeu o Bercerot, para calar a boca do outro de uma vez por todas, e foi bem feito.

Agora, se lhe der vontade de me visitar em meu leito, é na sala Grisolle do Lariboisière, 33, porém devo prevenir que não traga laranjas, porque não deixariam entrar; infringe o regulamento e não posso comer mais nada. Meu velho, até logo; se encontrar minha ex-mulher, como também a Marcelle e o André, diga-lhes que uma visitinha me deixaria feliz. É duro morrer moço, meu velho, é duro.

Seu amigo,

Paul

P.S. Estou pensando em deixar a minha cigarreira para você, como recordação das nossas farras no regimento.

compreender nada. É homem de dever e de coração. Acaso seria socialista? À questão, respondo com um sonoro "não"! O sr. Vaudor não é socialista, ele reprova o comunismo em nome do princípio de autoridade, o *coletivismo* em nome da liberdade. O sr. Vaudor é apenas filantropo: um filantropo malogrado, embora filantropo de intenção... Pratica abstratamente o bem, seja por admirar o intelectualismo, seja para seguir os autores de peças, livros, artigos etc., seja para empregar lucros que vão além de suas necessidades, verdadeiramente simples, seja ainda por inclinação natural de um temperamento bem-disposto, embora imobilizado em seu curso natural (desconfiança, humildade, prudência etc.).

O sr. Vaudor — estou decididamente fazendo o retrato de um patrão — é um mártir. Quando foram inauguradas as moradias populares, ele convocou os empregados para um discurso. Ruminou um mês a fio o discurso, indo e vindo em sua sala de estar solitária. Pois bem, provocou risos. Não mandou que averiguassem os risos! Não mandou que dispensassem ninguém; opôs-se a que fizessem isso. Provocou risos (era antes da guerra), pois anunciava quartos filantrópicos a apenas 500 francos para as famílias pobres: risos e indignação. E como ficou intimidado o pobre filantropo! Cornuchet, partidário de reformas sociais, embora não socialista, teria improvisado com esperteza e humor, calando o bico dos descontentes. Vaudor ficou passado, apesar de os altos funcionários da casa virem em seu socorro com amabilidades lisonjeiras, todavia ficou passado. Vaudor é um mártir.

Ele chama seus filhos, que respondem "droga!" — ou nem sequer respondem. Sente alguma afeição pela esposa, que parece não ter nenhuma por ele. Fica a sós naquele apartamento todo, esvaziado por causa das viagens e das correrias de cada um, tendo às mãos *A autoridade e a família*, de Le Play, seu economista preferido; ele não se sente mártir, embora se entristeça pouco a pouco, e se zangue sem grandeza.

Vejamos se a *de Beers* chegou a 95. Lamennais escreveu: "O exilado está só em toda parte". "Fizeram-me crescer poderoso e solitário", responde A. de Vigny. Os filhos, para lá e para cá, bem poderiam sumir! "Se a *de Beers* chegou a 95." O homem de ouro está parafusado num pedestal móvel; olha para seus pés liliputianos achatados. A esposa está experimentando os espartilhos, Germaine no colégio, Nicéphore viajando. Nicéphore é um nome original, não acham? Como tudo parece estranho, longínquo, inquietante, mas tranquilizante para quem se encontra blindado pelo talão de cheques. Aprendi no ginásio de X... que "o exilado está só em toda parte", que há exilados, que estão sozinhos, e o nome do terrível autor herético. O sr. Vaudor é afável, ele pensa de acordo com o seu século, porém está exilado. Nem sequer as suas botinas amarelas (700 francos na loja Galloyer) deixam de estar distantes. O exílio das botas! Pertencem-lhe, as botas, o resto, fruto de luxo de sua invenção, o Entrepôt Voltaire — o restante pertence à esposa. Receptáculo de ideias que espera ainda, que não virão jamais, ah!, o vago, distraído e ruminante Vaudor! Cidadela de pensamentos ausentes, mas que o acaparam por inteiro! Como tudo é distante e triste! Homem tão moral dez anos atrás! "O exilado está só em toda parte." Então, ele percebe que o aparelho de barba é complicado, que a torneira de água quente não funciona, que o aquecedor da banheira etc. "Vejamos quanto tempo eu levo, Jean, para gastar uma caixa de fósforos, vou colocar a data nesta daqui." Deus meu, por que me fizeste poderoso e solitário! Donativo de um par de sapatos desconfortáveis para Jean, o único confidente. À hora do almoço, a sra. Vaudor, nascida Lamphor, entrega algumas cartas em silêncio ao operário obeso e amarelo que nunca foi operário, embora sempre obeso e amarelo. Economizemos agora os pneus do automóvel, a sola dos sapatos, andemos de ônibus! Das três às cinco! Visita-surpresa aos burocratas do Entrepôt Voltaire, honrando os chefes com um aperto de mão, derretendo o estabelecimento inteiro em graças e amabilidades aos pés desse Deus zeloso que é o patrão bonachão. Depois, escoamento de um tédio grosso na loja do alfaiate Carette. "As minhas calças de risca fina apertam no cavalo: tenho a barriga um pouco saliente!" O profissional correto ajoelha-se, prendendo os alfinetes nos lábios, giz na mão. "O exilado está só em toda parte!" Bem que o sr. Vaudor voltaria para casa, mas naquela hora a senhora, nascida Lamphor, recebe visitas e o sr. Vaudor é tímido. Bem que o sr. Vaudor entraria num café, mas para ele a moralidade está em evitar o barulho, é um homem moral, a seu modo. Bem que o sr. Vaudor compraria alguns confeitos de amêndoa na loja Au Vieux Duc de Praslin, mas acha que o preço de 1 franco por confeito é um bocadinho alto...

Carta para a senhora Vaudor

Le Blanc-Sainte-Même (estrada de Guéret)

Minha cara cunhada,

Não posso mais manter dentro de casa o rapazinho que você mandou para cá como pensionista. Está botando tudo abaixo. Quando vai usar os sanitários — com todo o respeito, me desculpe —, pisa na beira do vaso, em vez de se sentar como qualquer pessoa decente, de tal modo que enche tudo de imundície. E se as cercas do quintal não estivessem bem escoradas com estaca de ferro, ele teria arrebentado. Fuma demais, e a minha sala está que é um fedor só, a gente acha tocos de cigarro e restos de cachimbo pelos caminhos do jardim. Nem pede licença para ir abocanhando as frutas que caíram da árvore, e a minha cunhada sabe que recolho tudo para os animais da Jenny Caugant. Ele foi ao baile municipal e voltou bem depois da meia-noite; a nossa empregada foi obrigada a se levantar, altas horas, para puxar o trinquinho da porta; ela estava em trajes menores e foi uma pouca-vergonha, porque ele fez várias observações desrespeitosas para a idade dele. Dançou o tempo todo no baile com a mulher do professor primário, porque ela se veste melhor do que as outras: não houve quem não percebesse! Enfim, acho que esses terninhos brancos de listra que ele usa, que chamam de terno de verão, são excêntricos demais para uma localidade como a nossa. Para ficar flertando ele serve, mas garanto que vai ser uma coisa impossível casá-lo com a srta. Dotenter. Ele é muito barulhento. Não compreendemos todas as brincadeiras que diz, e ainda por cima nos cabarés. Em resumo, o seu rapazinho tem uns modos que não convêm por aqui. Não o estou acusando de má-educação, já que parece que vai ser médico e diplomado e tudo, mas isso não é criação que se dê na nossa região, onde somos gente de mais cerimônia. Procure uma mulher para ele em Paris, ou nessas estações de água, porque vocês têm meios para casá-lo ainda moço; é o melhor a fazer.

Abraços ao Vaudor, à sua pequena Germaine e a você também,

Amélie

P.S. Você pode dizer que teve sorte de acabar com um bom marido que ganhou uns cobres para você e é bom sujeito. Do meu lado, você conhece o Alfred, não é? Pois bem, continua aquilo de sempre.

quiser!" A senhora, desiludida de apoquentar o sábio Vaudor, passou para a sala de jantar: "O café está abominável! O que significa uma xícara dessas? Já disse mil vezes que só quero a *minha* xícara, a minha xícara com iniciais! A torrada está queimada! O que aconteceu que não passaram uma vassoura na sala? Arre! Vou dar uma limpa nesta casa! E o mesmo com a modista! Vai ter que dar uma limpa se ainda tiver vontade de me conservar como freguesa; onde já se viu um penhoar daqueles; não há um lugar que me caia bem. Olhe para isto, Marie!... Não, não encoste em mim! Desajeitada! Tonta! Não sei onde estou com a cabeça que não bato em você! Me espetou! Passe daqui!... E o Nicéphore? Será que o Nicéphore já se levantou?" "Não, senhora! Mas o cabeleireiro está esperando pela senhora há uma hora: disse que tem pressa!" "Pressa! Pressa? Ele tem pressa? Pois bem, vou fazê-lo esperar até o meio-dia, e se não estiver contente não precisa voltar mais! Comigo é assim!"

Nicéphore é estudante de medicina. Já deveria estar no hospital junto ao professor; no entanto, prefere a posição horizontal à vertical; ele sonha:

"Quando meus pais morrerem, vou mandar a medicina para os quintos! Há renda suficiente para minha irmã e para mim no Crédit Lyonnais. Se for preciso, assumo a direção do Entrepôt Voltaire, uma boa firma que funciona sem esforço."

Meio-dia. Embora o sujeito não tenha voltado da tabacaria onde foi comprar charutos (charutos de 20 centavos para as visitas, porque não oferece aqueles que fuma, salvo aos convidados de marca), a senhora permanece à mesa com Nicéphore e a menininha: "Isto são horas de voltar para casa?", diz a senhora ao esposo, atrasado dez minutos. "Marie! que *hors-d'œuvre* é este, parece sola de sapato! Leve esse lixo de volta para a cozinha!" O sujeito, que ousou observar que os gastos de Nicéphore são exagerados, sai com três quentes e um fervendo. A senhora chora, levanta-se da mesa acompanhada da filha: acreditam que vai ter uma crise de nervos? De jeito nenhum. A senhora, enquanto se arruma, espinafra a camareira: por culpa dela está engordando, por culpa da camareira roupa alguma lhe cai bem. E vai passar o dia emitindo opiniões por toda parte, transportando

os seus ares imperiais e empertigados que fazem tremer os fornecedores. Existe uma única pessoa que ela realmente teme, a modista,
porque aquela senhora teve um dia a audácia inteligente de dizer à
auxiliar de costura: "Lucie, deixe para lá a senhora, se não estiver
contente conosco, que procure outro lugar! Chamo a isso: modos de
novo-rico!". Desde aquele dia, a senhora amansou na casa da modista. Embora se vingue quando fala dela.

Por sinal, de quem ela fala bem? Destrói a reputação das amigas, acusa os empregados dos piores senões, os livros, jornais, peças
de teatro, os quadros "de meter medo"; só revela emoção descreven-
do as *toilettes* ou quando rasga seda para o filho, Nicéphore, que ela
publicamente cobre de beijos frenéticos. Por ele, é capaz de todas
as artimanhas: para aumentar a mesada paga pelo pai, apresenta
notas fiscais fictícias dos fornecedores, cuja diferença serve para as
loucuras de Nicéphore. Ela é de uma injustiça absurda com relação
ao marido, obstina-se em achá-lo estúpido, embora tenha ganhado
uma fortuna para ela, briga por tudo quanto ele diz e julga natural
que ele tenha trabalhado a vida toda por ela. É incapaz de sacrificar
um minuto que seja para agradar-lhe, uma opinião que seja para
concordar com ele, e tampouco se constrange em rir nas suas barbas
quando acredita que está sendo ridículo. Não compreendeu nada do
caráter daquele homem, ela que compreende tudo. Acredita-se um
espírito superior porque é extremamente orgulhosa, e nisso vê realmente com clareza! Embora, de humano, só exista nela o seu amor
por Nicéphore, ainda que esse amor se pareça mais com insanidade
do que com uma calma afeição materna.

Justiça seja feita! A sra. Vaudor recebe muito bem: talvez por
isso a alta sociedade a procure. Talvez também porque seus juízos
cortantes encham as amigas de pasmo. Coisa curiosa, porém!, quando está em sua sala de visitas, derrete-se toda e seu espírito passa
então a não cortar mais nada. Quando era moça, um empregado
modesto com quem flertava, antes, durante e depois da missa cantada em X..., sua cidade natal, mas com quem não quis se casar porque
era ambiciosa, por vingança apelidou-a de *A hipopótama pernóstica*. A
alegria por ter encontrado esse nome consolou o pobre rapaz: não é

o único em quem o uso do espírito vingativo compensa as mágoas; contamos o caso por descrever não só a sra. Vaudor, mas também toda a sua casta satisfeita, bem-alimentada, ainda mais desdenhosa do que foram as aristocracias de antigamente. O triunfo da família Vaudor se exprime e exerce sem outro temor além do da polícia, embora a polícia os proteja. Ora, em sua sala de visitas, às cinco horas da tarde, a senhora não é mais nem um pouco "pernóstica", quando muito, um nadinha "hipopótama". Ela reserva, isso sim, para as salas de visita dos amigos os seus éditos contra as obras e os homens; tentando pôr-se à altura de seus convidados insignificantes, ela mostra o que, de fato, é. Não tenham medo! À noite, ela vai tirar desforra, destratando cada uma das senhoras que tiveram a imprudência de se aproximar do seu mel envenenado.

Uma "pessoa absolutamente séria", uma dessas velhas parisienses que conhecem tudo quanto aconteceu em Paris de trinta anos para cá, a própria sra. Krauss-Cognon esteve me informando há pouco que "não faço ideia de como principiou a história da família Vaudor". Segundo afirma, a sra. Vaudor seria *uma verdadeira cabeça política*. Ela é quem teria feito a fortuna toda. A sra. Vaudor seria um "anjo de caridade" que passou a vida inteira dando ouro e conselhos aos humildes.

É bem possível.

Outra carta hospitalar

Hospital de la Charité
Sala Brouillaud, leito 77.

Prezado Senhor,

Ainda estou aqui numa dessas salas lúgubres de que é desnecessário fazer a descrição; não é muito divertido ter como vizinhos de leito gente que recusaríamos ter em casa como empregado. Por sorte e pela recomendação do sr. Tourlin, o médico-chefe teve consideração para comigo; reconheci-o, pois, no tempo em que fui garçom de café no d'Harcourt, ele era estudante de medicina. Mas o senhor compreende que não cabe hoje a um pobre miserável como eu apertar a mão de um mestre da ciência médica. É inútil dizer o quanto penso no passado e nas minhas tolices, quando atirava dinheiro pela janela; se hoje tivesse aquilo que no tempo da Bolsa eu gastava numa noitada, ou se tivesse apenas uma das joias que dei de presente a Marthe Leverrier, ou se tivesse o emprego de um daqueles que punha no olho da rua com tanta facilidade!

Meu caro senhor, sofro de anemia cerebral e fraqueza por falta de alimentação. Estado geral ruim. Eu já não podia levar a vida nas ruas. Nos dias de hoje, é preciso algum dinheiro para se manter na sarjeta; na minha mocidade, pelo contrário, saíamos dos apuros com alguns vinténs ganhos abrindo porta de carro, engraxando sapatos, carregando pacotes para as senhoras; um *croissant* custava 1 ou 2 tostões! Mas é duro para um pobre hoje em dia! E o rico, mais do que nunca, abriu mão de pensar nos pobres, e todo mundo agora se sente à vontade para dizer que depois da guerra se recebem bons salários. Quando era rico, tampouco cogitava na questão, mas eu vejo...

Não pude acertar o negócio com o Puiset. Ele, que me conheceu na riqueza, me viu na humilhação de ir pedir um lugar de figurante ou varredor em seu teatro; foi duro, mas eu acreditava que ele faria um gesto nobre e generoso, pois muitas vezes paguei-lhe o jantar ou almoço no Café Inglês ou no Café Paris: recusou a me fazer o favor e ofereceu 10 francos, que nem aceitei, como o senhor pode imaginar. Dizem que é milionário: cada qual no seu turno! Não creio que uma ligeira ajuda em meu favor o tivesse atrapalhado muito ou prejudicado. O senhor dirá que minha presença em seu teatro talvez fosse desagradável: ninguém aprecia ver entre seus subalternos, todo santo dia e num estado de degradação, aqueles que vimos conduzindo o próprio tílburi no Bois, monóculo no olho e luvas cor de manteiga fresca. Isso prova, caro senhor, como são raros os amigos de seu valor. Sem o senhor, eu estaria morto de fome. O que me consola é ter visto de tudo, pois quem foi órfão aos 8 anos, sobreviveu de todos os tipos de bicos em Londres e Paris, foi, por felicidade, empregado na casa de um corretor da Bolsa, em seguida corretor da Bolsa ele próprio, quem foi processado de todas as formas possíveis e teve seu palacete levado a leilão público, esse, sim, pode dizer que viu de tudo, exceto a geografia das viagens. Ah! não fosse a anemia cerebral, eu não estaria neste hospital, e poderia ser ainda "tradutor" no escritório de um tradutor juramentado da Bolsa, ou dos despachos da Agência Radio, da Havas, da Reuter, seja lá o que for. Com anemia cerebral, o que fazer?

Além disso, caro senhor, eu já sou página virada, não posso continuar a luta nesta Paris que mata os deserdados, os enfraquecidos, os doentes, os velhos e as crianças. Falta-me a cachola necessária para encarar a realidade com coragem. Enfim! Estou farto. À força de levar sempre na cabeça, a resistência não é mais a mesma! Além disso, uma existência passada entre o albergue noturno e a sopa dos pobres é muito cansativa: "Pague a sua noite adiantado, ou então dê o fora!", e precisa começar de novo, o tempo todo, é de desanimar! Sobram sempre os bancos de jardim quando se sabe achar os bons lugares, ou o Mercado do Vinho! Além disso, dorme-se vez por outra na delegacia e vez por outra no convento das freiras da rua

Méchain. Quando estava menos arrebentado, aplicava também o conto do guia, procurando para os turistas um lugar onde dormir e levando-os até o meretrício. No entanto, quando não se tem um colarinho limpo sequer, com que cara se apresentar nas ruas? Ah! não, não há mais bons amigos ou amigas, só me resta ser jogado de um hospital a outro como um cavalo velho, aposentado. Caro senhor, perdi, em suma, o ânimo para tudo: constato que tenho uma mentalidade que data de 1882, sou um mamute, um plesiossauro, um ser dos tempos pré-históricos que ninguém mais entende. Mande-me um bilhetinho, 5 francos para o fumo e ficarei feliz.

Creia na minha gratidão e nos sentimentos cordiais e devotados.

Alexis Gallet

Carta de um empregado do comércio ao seu patrão

Caro Armand,

Quer dizer então que não faço mais parte da sua casa? Como percebeu, não uso o "senhor", que servia para você restabelecer de uma vez as distâncias. E por que não faço mais parte da sua casa? Vai sentir-se bem embaraçado quando explicar isso em audiência na Justiça do Trabalho, uma vez que tenho direito, querendo, de mover uma ação contra você. Vai dizer, como já deve ter dito à sua mulher, que trabalhei por conta própria à noite — fazendo ternos para clientes seus — e até confesso ter trabalhado certa feita, por ocasião do *réveillon*, já que não podia contar com gratificação naquele momento, pois você é generoso no café e nos restaurantes noturnos, mas não nos negócios. Vai dizer também que estou pensando em me estabelecer por conta própria, embora não seja uma concorrência a mais na praça de Paris que preocupe você. Oh! Não direi à sua esposa o verdadeiro motivo, sossegue, tenho mais hombridade, porque não sou eu que despediria um homem, se fosse um amigo íntimo. Nesses últimos tempos, você tinha receio de que eu levasse a melhor; não me conhece, mas conheço você. O empregado conhece o patrão, assim como se conhece o perigo. Ah! Nós que chegamos ao "você" e ao "meu camarada" cá estamos os dois falando agora em Justiça do Trabalho. Lembra-se das piscadas de olho que dávamos depois de os clientes virarem as costas, porque um cliente também é inimigo... Lembra-se de quando sua mulher estava na casa da mãe dela, como saíamos da loja, os dois juntos, os próprios ginasianos. Você não tinha segredos para mim, tampouco eram muitos os que eu tinha para você. O verdadeiro motivo, vou dizer: a Amélie Weber o deixou, e você está pensando que foi por minha causa. Já que tudo está encerrado entre nós, vou dizer a verdade: nunca enganei minha mulher, porque sei que essas histórias, por mais vivos que sejamos, não levam a lugar algum que preste. Estou convencido, e nada vai me tirar da cabeça, que o pobre é mais honesto que o rico, enquanto não estiver com fome. Sim! Aparentei muitas vezes que agia como você, mas aparentei somente; entretanto, afora as noitadas em companhia de suas amizades femininas, nunca voltava a marcar encontro. E hoje você me faz rir quando diz: "O senhor não faz mais parte da casa!". Não se acham bons alfaiates, assim, a cada esquina; vou arranjar uma colocação amanhã mesmo; sua firma, porém, vai para o beleléu, pois é por minha causa que os clientes vinham. Você me faz dó, está tremendo de medo de que eu revele a sua vida privada, indigna de um homem respeitável. Agora, um bom conselho de amigo: "Nunca tenha familiaridades com os empregados!". Um empregado, no fundo, jamais será franco com o patrão; você mistura as questões de coração e as questões de interesse, uma ou outra sairá prejudicada. É o que eu tinha a dizer. Para evitar de nos rever, uma vez que você ficaria por demais constrangido, minha mulher é quem irá procurar o seu caixa para receber os seis meses de ordenado a que tenho direito. Seu amigo, apesar dos pesares.

Jean Le Feutre

Cartas do passado

Carta do advogado Dambray ao senhor Conde de Popelinot, em sua herdade de Popelinot

Aos 10 de fevereiro de 1788.

Ilustríssimo e Excelentíssimo Senhor Conde,

Tenho a honra de participar a Vossa Excelência, senhor Conde, a respeitável sentença que a Corregedoria de Paris houve por bem proferir aos 9 de fevereiro do corrente ano de 1788, concorde com aquilo que eu mesmo, dr. Dambray, advogado, alvitrei com base em princípios conhecidos na matéria contra a Suplicante, a rapariga Percinet, sentença que declara improcedente a ação julgada em primeira instância, invalida a decisão liminar e dá provimento ao recurso do Impetrante, no caso Vossa Excelentíssima, Senhor Conde, e meu cliente, com respeito à condenação pronunciada, julgando não justificada a pretensão aforada pela parte do zeloso advogado dr. Turlin, em nome da Suplicante supranomeada. E que, uma vez comprovado o erro, mandou cumprir o que na sentença se contém, ou seja, que se cancele o ato de batismo da filha da dita rapariga Percinet e ponha em lugar das palavras "filha do senhor Conde de Popelinot" as "de filha natural de pai ilegítimo"; que se aplique o Direito a partir das conclusões inarredáveis do Senhor Corregedor, sentenciando e obrigando a Suplicante a doar 3 libras de esmola para o pão dos prisioneiros da Conciergerie, a assegurar, invertidos os ônus, os alimentos provisionais e definitivos à alimentada, a arcar com a manutenção da criança a que deu à luz e com a sua educação dentro da religião Católica, Apostólica e Romana, e a certificar ao Senhor Corregedor de sua existência a cada três meses.

Deus guarde a Vossa Excelência muitos anos. Do seu mais humilde, devoto e respeitoso criado.

Doutor Dambray
Advogado junto à Corte de Justiça de Paris

Os pais do matemático (cartas autênticas)

CARTA DA MÃE

Saint-Quay,
16 de outubro de 1928

Minha cara Germaine,

Não, nem tente me consolar, cara Germaine; para mim não há consolo. Você sabe, o Arthur acabou de se divorciar pela segunda vez e o Louis, que não consegue viver com a mulher, está planejando fazer o mesmo. Concorde comigo, é terrível! O Louis adora a mulher, que também gosta muito dele, embora ela abuse da fraqueza dele, quando não é o Louis que abusa da dela. Louis adora ficar em casa, mas Marcelle vem com agrados, forçando-o a sair; Louis fica possesso por causa disso e a briga está armada. Louis tem paixão por teatro, já Marcelle prefere reuniões com amigos; Marcelle vai ao teatro para ser amável e ele a censura por seu sacrifício: eles chegam até a se engalfinhar, e eis que a vida está um inferno. Veja o que uma mulher da minha idade é obrigada a presenciar em casa deles, quando estou em Paris. Os dois filhos do Louis estão aqui em Saint-Quay conosco, finalmente. Estou também com os dois filhos dos dois divórcios do Arthur; os pobrezinhos mal conseguem compreender o motivo de não terem uma mesma mãe, e de nunca receberem visita do pai e tampouco das mães. Só Deus sabe que vida aquelas duas mulheres estão levando! Meu querido marido até chora, mas perdoa; nem com todo o meu desvelo eu consigo amenizar a fase triste por que está passando. Pense, Germaine! Os filhos foram tudo para ele, não é?

Arthur está conosco neste momento, cara Germaine; mas só Deus sabe o que uma mãe é capaz de tolerar. O Arthur não é ruim, mas tão difícil de compreender, e as moças modernas, com essa ideia de divórcio na cabeça, nem se esforçam para compreender os maridos e lidar com eles do jeito certo de lidar com os homens. Disso eu entendo bastante, e dei provas a vida inteira ao lado de meu marido; você foi testemunha, pois ele me obedece e nosso casamento foi sempre perfeito. Arthur, no entanto, inventou que não quer mais me ver pela frente, que pus a vida dele a perder, e que não vem mais passar férias conosco. Quando então poderá fazer uma visita aos filhos? Pensei que ele tivesse um coração de pai, Germaine, e foi uma grande desilusão. A situação se complicou ainda mais. Ele andava tristonho, com ares de quem não se divertia o suficiente, a não ser quando rabiscava, dias a fio, uns números. Por causa disso, até vi com bons olhos quando começou a frequentar a jovem sra. Desfontaines, aquela prima da Élodie, uma vez que a viúva do Charles Desfontaines se casou com um Genreau, chefe da seção de móveis do Entrepôt Voltaire — esse, sim, um bom pai de família! Ela alugou uma casa de campo em Binic, a 1 quilômetro apenas de Saint-Quay. Como eu poderia desconfiar do que aconteceria, Germaine? Como é que gente de bem, como eu e você, desconfiaria de um horror desses? Não me venha respondendo que são caraminholas, Germaine; mas que diabo, fatos são fatos! O Arthur não tem um minuto de sobra para nós: o tempo todo é para essa sra. Desfontaines, cujo marido está em Hanói há dezoito meses. Programamos uns passeios; no entanto, a atitude do meu filho e dessa senhora não deixa dúvida. Ora! Não têm o menor constrangimento diante do pai e diante de mim. Precisei até alegar um mal-estar para não ser testemunha daqueles beijos repugnantes por detrás das cercas. Em compensação, não me vejo também na obrigação de receber a prima da Élodie Genreau? É prima do mesmo jeito, não é mesmo, Germaine? Poderia bater-lhe a porta na cara, você dirá, mas seria um escândalo, e nesse caso significa ter de romper com os Genreau, ao passo que o pai dele guarda parte do nosso capital no banco, sem falar dos problemas do terreno compartilhado de Forges-les-Bains. A sra. Desfontaines convidou-nos para um almoço, os três; não podia recusar, embora estivesse decidida a demonstrar uma atitude de desaprovação, como demonstrei. Agora, a sra. Desfontaines engravidou; só espero que não me larguem nos braços o filho de um adultério, ainda por cima. O Arthur, por causa das crianças, não terá coragem de repetir que não me quer ver mais pela frente, embora tenha tido a coragem de queixar-se de mim a seu pai. Espero que você compreenda a tristeza da situação, aguardo notícias suas e mando um abraço.

Marie Genreau

CARTA DO PAI

Minha cara Germaine,

Visto que minha mulher passou a manhã a escrever, deduzo que se tratava de uma missiva dirigida a você, ainda. Embora esteja convencido da sinceridade da amizade dela por você, não quero que a indisponha com o meu Arthur. Deve ter contado tudo à sua maneira. Compreendo que desaprove a ligação do Arthur com a sra. Desfontaines. O Arthur tem culpa, fica entendido! Arthur está aqui conosco, sem mulher, e posso dizer a uma mãe de família como você que isso é bem difícil para um rapaz. Sem mulher! Qual seria o motivo, senão pelo fato de Marie ter semeado a discórdia com a primeira esposa, intrometendo-se nos negócios de sua vida de casado, e com a segunda, quando, literalmente, a caluniou? Da mesma maneira que está semeando a discórdia entre o Louis e a esposa! O Arthur tem culpa com relação à sra. Desfontaines, fica entendido. Apesar disso, quem teria atraído para casa a nossa prima jovem para distrair Arthur e impedir que nos deixasse durante as férias, senão a Marie? Não li a carta que ela escreveu, mas veja, é como se tivesse lido, a tal ponto conheço a Marie. Tenho certeza de que se finge de vítima, é o seu gênero: provoca todos os desastres possíveis, depois se lamuria diante de quem quiser ouvir. Comigo, isso não funciona mais, porém faço questão de avisar que a culpa toda é dela. Queixa-se de que largam as crianças, mas, se falarem em tomá-las de volta, ela chora. Seria com certeza preferível que tomassem de volta, porque vai criá-los como criou Arthur e Louis, quero dizer, pessimamente.

TERCEIRA CARTA

CARTA DO FILHO ARTHUR A SEU IRMÃO LOUIS

Senhor Louis Genreau, engenheiro
Rue Croix-Nivert, 6, Paris XV$^{\underline{e}}$

Meu caro Louis,

A função

$$f(2) = \prod \left(1 - \frac{z}{Zn}\right) l \, Pn \, (2)$$

onde

$$Pn = An, o + Am1^2$$

pode ser substituída por

$$f1(2) = \prod \left(1 - \frac{z}{z'n}\right) l \, Pn \, (2)$$

ou

$$li \, Fn \, (Z'n - Zn) = O \text{ bastante rápido.}$$

A função

$$\Psi(2) = \frac{\prod \left(1 - \frac{z}{Zn}\right) l \, Pn \, (2)}{\prod \left(1 - \frac{z}{z'n}\right) l \, Pn \, (2)}$$

sendo meromórfica, está limitada no domínio S exterior aos círculos

$$|Z - Zn| < |$$

Se os círculos forem exteriores uns aos outros.

181

Resulta:

$$| \Psi(Z) | < M$$

no domínio S

$$S f_2(Z) = \prod \left(1 - \frac{z}{z_n}\right) l \, P_n(2) \prod \left(1 - \frac{z}{z''_n}\right) l \, P'_n(v)$$

$$| f_r(Z) < l_{er}, | Z | = r < r_0$$

E sendo tão pequeno quanto se quiser, temos:

$$|\Theta(2)| = | f_r(2) \| f_r(Z) | < M l_e (r - 2)$$

$$|\Theta(2)| < l^{\underline{er}}$$

c.q.d.

Saudações à minha cunhada. Lamento você não estar aqui, meu caro Louis. Tente saber para mim se irão tocar a abertura de *Siegfried* nos concertos Lamoureux no reinício da temporada: nesse caso, anteciparei a partida.

Seus filhos estão comportados, mal os ouço, e os meus também. Mamãe está muito calma e felicíssima, papai também; os acontecimentos recentes foram resolvidos tão rapidamente quanto uma equação de primeiro grau, onde só o *x* é desconhecido, e ninguém pensa mais nisso.

Um aperto de mão de seu irmão,

Arthur

Resposta do abade X... a um rapaz desacorçoado

Caro amigo,

É apenas pela dor que continuamos a avançar. Até onde a alegria pode levar, perceba por meio de exemplos. A própria alegria é um ponto de chegada, a fumaça de algum fogo, o descanso. A dor, pelo contrário, é um modo de ajuste com a realidade. Ela leva à reflexão, que é um ponto de partida. Disse a Sabedoria de Deus, não sem razão: "Bem-aventurados os que choram". Você que anda de um lado para outro sem saber qual rumo tomar, leia às vezes os Evangelhos e verá neles muitas verdades sobre as quais uma inteligência como a sua poderá meditar. Porém você está tão ocupado com estudos e exames! Os monges, no entanto, afirmam que qualquer hora roubada aos estudos pela oração é benéfica, e não nociva, aos estudos... Um bom modo de rezar é ler a palavra de Deus. Você não há de negar, suponho eu, que os Evangelhos sejam a palavra de Deus. Pois então, não foi por milagre, forçosamente, que esses quatro livros se conservaram livres de interpolações, de lacunas, de perdas? Enfim, experimente a verdade profunda de uma das frases do Evangelho e se convencerá com rapidez de que, se o resto também não parecer resplandecente, a culpa é sua e não do Livro.

Gostaria, entretanto, de falar melhor! Falar com o grande afeto que tenho por você. Na sua carta, você se diminui de um jeito que me dá pena. Não se diminua, caro Michel: um dia você vai aprender, espero, que a verdadeira humildade consiste não em se desconhecer, mas em se conhecer, sem ultrapassar os limites. Não! Não acredito que seja alguém tão "lesado" como pretende: o êxito prova a sua tenacidade e seu rosto confirma-a. Você se diz "egoísta", provando com isso exatamente o contrário, porque um autêntico egoísta mal suspeita de sê-lo. "Cheio de si": não combina em absoluto com o retrato sombrio que acabou de pintar. "Personagenzinho risível": não aquele que conheço, pelo contrário: você era um rapagão com movimentos decididos, um pouco violentos demais, cheio de ardor tanto pelos prazeres quanto pelo trabalho; foi o que presumi naquela época. Acredito, em compensação, que está atravessando aquele período de dúvida que precede os 20 anos, período que de uns tempos para cá se tornou aterrador.

As revoluções do século XIX sacudiram tudo. A tradição sobreviveu por muito tempo, embora sendo destruída a cada geração, reduzida a tal ponto a nada que não se sabe mais onde está o bem, onde está o mal. O cinema exibe bandidos para que aplaudamos; a guerra glorificou a força e a esperteza. Os jovens, inclinados a verificar a exatidão de tudo o que papai e mamãe ensinaram, leem em Nietzsche que o homem superior possui todos os direitos. Perguntam a si mesmos se não seriam "um homem superior". "Se eu for um homem superior, o que devo fazer para fazer o bem? E se não for um homem superior? Devo então me tornar um grande bandido como X... no cinema? Permanecendo um sujeito honesto, não seria então um coitado?" Creio ter colocado bem a questão, não coloquei, meu caro pequeno Michel?

A França, de 1789 para cá, vem sofrendo de dúvida como um rapaz de 20 anos, como você mesmo. Vira-se de um lado para o outro na cama sem achar uma posição que seja conveniente para o descanso. Talvez o ano de 1789 tenha sido necessário para direcionar novamente os espíritos, numa direção desejada por Deus, quer para levar ao poder as classes maduras para o comando, quer para castigar as que abusaram de sua situação. Porém, uma vez feito, por que esse rio de leito trocado, ou seja, a França dos últimos cem anos, não voltaria ao lugar? Se retomássemos a tradição, em que medida isso seria prejudicial ao progresso que a França ainda há de realizar no mundo? Ora, a tradição da França é católica. As qualidades francesas são todas católicas. Veja os melhores personagens de Molière, quer dizer, aqueles por quem sentimos simpatia, como o Philinte, do *Misantropo*, e diga se essa perfeição não é uma perfeição católica. Após um século e meio de experiências morais, sem outro resultado moral afora a dúvida, a desordem e a infelicidade, voltemos então ao catolicismo, sem clericalismo: é a boa fórmula.

Do ponto de vista material e positivo, Michel, veja tudo o que há a ganhar:

1º *Segurança absoluta!* A partir do momento em que você não cometer mais pecado, estará no bom caminho e, se cometer, poderá confessar-se, reparar e obter perdão.

2º Claro conhecimento do bem e do mal, coisas que o mundo tenta misturar da pior forma possível. O bem são os mandamentos de Deus e da Igreja, logo, o repouso da consciência.

3º Uma atitude nítida: sem hesitação, sem dúvida, sem timidez. Posso caminhar com alegria sabendo que tudo o que faço é o bem.

4º Apoio de Deus e dos anjos, incontestável, quando já o experimentamos dentro de nós mesmos.

Quase todos os que se aproximam da Igreja têm alegrias, sucessos e recompensas. Todos os amigos que acataram os meus conselhos e se chegaram à Igreja agradeceram o bem que lhes fiz. Por que se privar da felicidade quando ela está ao alcance da mão! Porém você diz: "não tenho fé; não será hipocrisia ir a Deus quando não se acredita Nele?". "Pratique, e acreditará", disse Pascal. É verdade! Quando damos um passo até Deus, Ele dá mais cem até nós.

Portanto, Michel, uma confissão geral a um bom padre qualquer. São todos bons, eles têm um único pensamento, que é o de Deus, uma única tradição, que é a da Igreja, um único hábito, que é o do coração humano. Peça para comungar em Nosso Senhor, e conte-me o resultado desse Santo Remédio para as suas hesitações. Sentirá Deus dentro de si, sem dúvida. Compreenderá então que o demônio, isto é, uma criatura reles e não Ele, é quem busca prejudicar apenas. Deus só quer fazer o bem, ainda que seja por meio de provações tão dolorosas quanto a que você acaba de atravessar.

Meu caro pequeno Michel, rezo a Deus para a sua conversão, nem que seja só para passar nos exames, e abraço você com toda a minha afeição.

Abade X...

Carta de um figurante que banca o galã

Caro amigo,

Conto por contar, mas não diga nada à minha família sobre o que estou fazendo: você não sabe de nada, que fique entre nós dois. Muito em particular, estou fazendo cinema. Um amigo do Cosquer, chamado de Nickel no cinema, apresentou-me ao rei dos empresários de Paris, o sr. Painchon. Você nunca vai adivinhar: o homem prometeu que iria se ocupar de mim, e foi dito e feito. No dia seguinte, dez da manhã, toca o telefone etc. O sr. Painchon convoca-me para ir de imediato, vestindo roupa de viagem como se fosse pegar um avião no aeroporto de Le Bourget. Vou contar tudo. Peguei um táxi, fui para Le Bourget; não usei o meu Ford, porque está no prego. Recebi 2 mil francos por ele. Se vendesse, conseguiria até 8 mil; fiz bobagem, agora não tenho meios para tirá-lo de lá e passar para a frente, pois precisaria de 2 mil francos e estou a zero, ao mesmo tempo que fiquei com o capital parado. Vou contar tudo. Subi então no táxi com os outros três figurantes que encontrei no escritório de Painchon, antes de ir rodar o filme em Le Bourget; cheguei ao aeródromo, no terreno de aviação. Tudo mobilizado: aviação, cinema, tudo em suma. Encontramos por lá um diretor bem conhecido, o sr. Murillaud, que nos disse: "Vocês chegaram bem na hora, aguardávamos vocês para subirem no avião com a estrela húngara". E como era meio-dia e eles imaginaram que estivéssemos com fome, distribuíram sanduíches e cervejas, à custa do Estado, você sabe. Subimos para a cabine. Tínhamos de simular um desembarque de avião. A estrela descia na frente com as suas meias de seda, a maleta e a peruca loura; devíamos fazer um ar natural de viajantes e imitá-la. Às tantas, um operador de câmera aparecia e pedia para fotografá-la, como de costume acontece na vida das estrelas: ela devia fazer um gesto de impaciência porque não queria que a amolassem. Algo de fino, pois naquele momento o fotógrafo seria grosseiro com a estrela, dizendo com dureza: "A senhora não tem naturalidade". A estrela devia então perder as estribeiras: "Não quero saber desse fotógrafo! Ora, cavalheiro, o que significa uma coisa dessas, grosseiros comigo, na França!". Eles tinham de mobilizar tudo de novo; recomeçamos três vezes. Nem me fale de gastos! Nessa joça, ninguém mede despesas. Toda vez acontecia alguma coisa. O diretor achou que os botões do casaco da estrela não eram fotogênicos. Foram obrigados a pintá-los de azul-marinho, com giz! Apesar dos gritos da estrela, que berrava que estavam estragando o seu casaco e que não compreendia o porquê daquilo. Pela terceira vez, em pleno desembarque do avião, começaram tudo novamente, pois a estrela descobriu nas mãos da maquiadora alguns docinhos e correu para pegá-los. Irritação do diretor: a estrela teve uma espécie de crise de nervos; um operador de câmera, seu compatriota, foi conversar com ela, no idioma deles, tentando acalmá-la, uma farra. Disse o diretor: "Que boa bisca!", e a maquiadora: "Ora, é bem feito pra ela, a patroa levou um sabão". As coisas depois acabaram bem. Já que conto tudo, vou dizer como voltamos de Le Bourget. Com o dinheiro ganho, entregue em nossas mãos pelo administrador em pessoa, ou seja, 280 francos para serem divididos entre mim e os três figurantes, sem contar mais 3 francos para o táxi, preparávamos para deixar a pista de pouso quando percebemos de repente um Lincoln esplêndido, luxuosíssimo, dirigido por um chofer de uniforme que acabava de despachar os seus patrões pelo avião Paris-Londres. Fizemos sinal para que parasse e perguntamos se estava voltando para Paris, como de fato estava, pela estrada. Disse que podíamos subir e que nos largaria na Trinité. Quando lá chegamos, deixou-nos bem em frente a um pequeno bar, o que causou um efeito tremendo. Ele recusou o aperitivo, mas aceitou uma gorjeta de 10 francos. Já que tínhamos calculado com o administrador 40 francos de táxi, foram 30 de lucro, e começamos a gastar pagando rodadas mútuas. Um dos figurantes levou-nos até sua casa: sessão de sofá e exibição de seu traje a rigor. Serviu-nos um champanhe com biscoitinhos, depois fez sinal para deixá-lo a sós com a menina; o mais divertido da história é que a menina era conterrânea minha, a filha de X..., que no cinema adotou o nome de Angela Duc e foi casada com um príncipe turco, segundo disse. Ela inclusive mostrou um artigo de jornal sobre as suas brigas com o marido turco, que tinha mais três outras mulheres, como qualquer turco. Ela não quis ficar com o sujeito!

Na segunda sessão de figuração, nada aconteceu de engraçado. Tentei uma terceira vez, e hoje pela manhã estive em Épinay, conheci um diretor famoso e muito amável. Confio nele agora, e você percebe que os meus negócios estão correndo otimamente. Porém não conte à minha família, pegaria muito mal. Que fique entre nós.

Não tenho outras histórias para contar a você.

Sendo assim, mando-lhe um aperto de mão. Cumprimentos à sua irmã Céline, ao François, ao Henri, ao Eugène. Sobretudo, nada à minha família, nem mesmo ao tio Jules.

Seu amigo, camarada e muito em breve futuro astro,

Jean Capain

Carta de mulher

Achada num sótão e com data de 2 de agosto de 1866

Marcel, oh! não! Marcel, está tudo acabado. Odeio-te, Marcel. Odiaria mesmo o teu nome, se porventura pudesse odiar o nome que n'outros tempos dei ao meu filhinho por amor a ti, quando eras pouco mais que um amigo de meu marido. Jules, o infeliz!, de quem zombaste e de cuja confiança abusaste. Repito, Marcel, odeio esse nome, e mudaria o tratamento affectuoso ao meu filho se não temesse offender meu pae, padrinho do pequeno, como tu bem sabes. Tu dirás: "D'onde vem tão repentina alteração em teus sentimentos recônditos de mulher?". D'onde vem? Oh! estou a ouvir a tua voz quando toma esse accento sedutor, graças à habilidade que caracteriza os homens — haverá porventura falácia maior que a do homem sequioso atrás da víctima dos seus prazeres? Hás de por fôrça lembrar-me da noite em que viajávamos, ambos, emquanto Jules suppunha que eu estivesse em casa de sra. de Lantonnais (por sinal, tua antiga amante, porque rasgou-se-me emfim o véo da dúvida; obrigaste-me, assim, a representar o papel de Hortense n'aquella peça de Alexandre Dumas, o que jamais t'o perdoarei!). Todavia fallava eu da noite em que ambos viajávamos. Pois bem! Saiba, Marcel, foi aquella a única noite em que te amei, e tu não sabes o quão insondável é uma mulher! Hás de por fôrça lembrar-me do que dizia dos teus bellos olhos. Porventura não se pode amar os olhos de um homem, sem, entretanto, amá-lo a elle próprio? Apezar de tudo, nunca te tive amor, do modo que se chama amar... Pensei amar-te, comtudo a tua paixão por mim inspirava apenas dó! Pensei amar-te, comtudo, como dizia Santo Agostinho no convento da rua Vaugirard: "Era o amor que eu amava!". Jamais amei meu marido, homem virtuoso e doce, embora prosaico, e jamais acreditei encontrar em ti, occulto pelo nome plebeu, a nobre origem. Convenceste-me que eras o filho natural do duque de Berry e até n'isso iludiste-me! Ah! Os homens são abysmos de perdição e mentira! Eu, que busquei apenas aplacar uma alma feminina que tinha um ideal mais sublime que remendar meias, deparei apenas com abysmos de perdição e mentira.

Marcel, tu mentiste para mim, e eu tudo perdoo, menos a mentira... Mentiste ao dizer que a sra. de Lantonnais era-te indifferente; ella não tem coração, e consola-se hoje de não mais desfrutar de ti tornando-se afável para com os teus amores por outras mulheres, como aquella Merteuil das *Ligações perigosas*, o livro que tu, perverso, m'o mandaste ler! Tu mesmo és Valmont, Marcel! Mentiste ao dizer que execravas Margueritte Bellangé, a amante do Imperador, ao passo que rogaste a um teu amigo para que ele t'o introduzisse em sua casa, aquelle Gontran de Limaille, um mísero rastacoéra, um peralvilho da pior laia, filho de um reles dono de mercearia em Blois chamado Limaille. Porventura te esqueceste que vim de Blois também? Ele era fornecedor de mamãi. Assim tu vês que eu sei tudo. O que fizeste àquella mulher ignoro e quero ignorá-lo, não sendo dada a ciúmes, nem uma d'essas creaturas que trocam as alegrias do amor pelas da maldade, e gostam mais de se torturar a si próprias do que deixar em paz aquelles que cometeram a imprudência de pedir-lhes felicidade. Bem vês que não sou tola, como disseste à sra. de Lantonnais... A criada de quarto dela veio contar ao meu cocheiro. Mas deixemos as pequenezas de lado; não teria eu a baixeza de tomá-las em consideração, creia-me, se tuas impertinências não me forçassem a tanto.

Entro aqui no âmago da questão. Na segunda-feira, escreveste-me: "Estarei de volta de Trouville onde corro terça-feira com um cavalo de Morny, e jogar-me-hei aos teus pés. Cobre-os com as tuas chinelinhas de veludo azul que tanto amo para que os beije como faço d'aqui aos teus róseos dedos". Mentiste! Acontece que não estavas segunda-feira em Trouville, e, se lá fosses correr, seria atrás dessas muitas infelizes enlaçadas pelos teus olhos ingênuos e cruéis! Veio cair em minhas mãos terça-feira, por um indivíduo que trajava uma libré diferente, um bilhete ainda não lacrado com o teu selo. "Condessa, irei ter comvosco na quarta-feira, Marcel." Quarta-feira! na mesma noite em que faço sarau! Precisei então queixar-me de um pequeno incommodo e mandar dizer que suspendera o sarau.

Que dia abominável eu não teria tido, Marcel, se porventura te amasse! Cada som de campainha teria ressoado em meu coração; teria aberto e fechado vinte livros; em vão aberto e fechado o meu Pleyel cem vezes, sem dedilhá-lo; ralhado com a criadagem; mandado embora os meus filhos, graças a Deus! Não te amo e nunca te amei, afora a noite em que ambos viajávamos na carruagem. Pois então, queixar-me-hei de quê? De tuas impertinências, Marcel. Encontravas-te em casa da sra. de Lantonnais, que faz sarau às quartas-feiras e rouba por diversão os meus *habitués*; roubou-m'o o mais fiel e o mais caro...

Adeus, Marcel,

daquella que nunca te amou.

Cécile

P.S. Ao rezar em meu genuflexório, achei forças para t'o perdoar. Aquele móvel é herança de minha santa avozinha, e as inspirações provêm de sua pobre alma. Está tudo acabado, Marcel! Tanto o ódio como o amor. Porém, para evitar calúnias da sociedade, não trate com negligência os meus saraus de quarta-feira. Em minha fisionomia serena, tu lerás somente sinais de dignidade fria e desdenhosa caridade.

Carta da Princesa Iréna Petr Arianovitch, manequim. Casa Nollet de Alta-Costura. Para a Duquesa Alexandra Antarinochka

Minha *douchka*,

Impossível minha *douchka*... Desde Constantinopla com toda essa vida! Por aqui nem pode imaginar quantidade de diversão, querida! Quando nós viemos a Paris com o grão-duque Alexis, como uma jovenzinha modelo como eu ser poderia imaginar o *faubourg* Saint-Honoré? Você sabe, Olga agora ter emprego na editora Émile-Paul, eu ver ela sempre na vitrine; Helena continua no vestiário Rosa Negra Constantinopla. A mãe dela fez casamento rabino velho muito estúpido. Couturier Nollet mandou sua antiga criada dar o recado de que havia lugar de manequim para mim. Essa criada casou com deputado depois, usando meu *manteau* de zibelina, roubado de mim. Ele dizer que os vestidos caem magnificamente ombros meus. O grão-duque Alexis apreciava tanto ombros meus; Nollet aprecia ombros meus também. Acredito ele espera clientela para mim: princesa Maria-Anna e srta. Hawkorn; é perfeito *gentleman* de verdade.

Escrevo da "cabine", depois do almoço — vou explicar agora, meninas manequins chegam dez horas, quando não estou totalmente lisa (escrevendo excelente francês, notou?), pago multa de atraso, e onze horas vou tomar banho de imersão demorado em casa minha como nos tempos de Petersburgo. Completamente morta, minha *douchka*! Muito maçante, porque costureiro trabalha nosso corpo vivo, ficar então horas de pé! Cansativo também o figurinista, para dar forma nos vestidos precisa retomar dobrinhas, pegar por uma ponta, pegar por outra ponta. Mas sabe, *douchka*, trabalhamos febrilmente, e é absolutamente divertido ficar cansada demasiado. Cedo de manhã, há também rapazinho francês desenhador e eu de pé cansada ainda, mas ele um amor, e o vestido aparece em todos jornais com corpo vivo meu, querida conhece meu temperamento! Compradoras não sabem excessivo cansaço das manequins tão maravilhosas para irem para as provas e teatro e lojas salões.

Acabamos almoço: "Quero repetir geleia, Marie, mais tarde ensino bordado de pontinho!" — "Marie, quero repetir vinho escondido, mais tarde mando amigo meu bater fotografia de Marie". Temos autorização trocar legumes por duas laranjas, mas meninas manequins não querer ganhar peso: não legumes. A moda é magra mais ainda, sempre magra. Mas gosto de legumes, como legumes.

Meninas manequins chamam de "sesta": espécie de recreio colégio; da "cabine": sala para ficar à vontade e *toilette* e tagarelice. Tem cheiro abafado igual como quarto burgueses acordando. Tem cheiro de pele, tecidos novos, *maquillage*, pó de arroz. Porém tão lindo, tão lindo, apesar vestidos dependurados, um depois do outro bem apertados, novelos tiras de amostras por todo canto. O bastidor de teatros igual como as cabines, mesma coisa. Elas arrumam aparências, lábios, chapéus, meias de seda, depois moídas de cansaço mais que pobres operárias, só mais vontade de comer, porém lindas mulheres elegantíssimas. "Onde comprou o *soutien*? Deixa tomar medida busto!" "Que marca o *rouge*? Deixa eu usar!" "Busto seu muito avantajado, busto meu mais *chic*!" "Senhoritas! Quinze para três da tarde; não vão conseguir se aprontar de novo!" Porém meninas ficam de *peignoirs* longos plantadas em frente fotografias dos namorados nas tampas das frasqueiras: "Clientes chegando! Vamos! Sem correria, senão vai chover multa!". É o sr. Louis, chefe do pessoal. Francine cantava magnificamente, com expressão, ele mandou embora. Gostávamos tanto dela, minha *douchka*! Agora ele fica lá, mas não gostamos dele. O sr. Georges é mais quietinho, mas não gostamos dele, ele vai buscar o sr. Louis para punição e multas.

Quando há homens clientes, são compradores dos modelos para América, senão só mulheres, mulheres, mulheres! Quando há homens clientes, Marcelle, a alta, uma indecência pois veste *manteau* sem lingerie embaixo, americanos apalpam, com a desculpa de experimentar forro. De propósito! Mesmo que não fosse, ela veste vestidos de Rita, a magra, para alcinhas arrebentarem ombros e ela, ela foge com pudicícia como meu quadro de Boucher em Petersburgo: *Ninfas surpreendidas*.

Em Petersburgo, o que era para nós empregadinha? Por que sra. Dollar não considera que princesa Iréna Petr Arianovitch, eu, como se fosse mujique? Mas derramei lágrimas dentro do meu coração palpitante, porque mulher inglesa estava com colar de rubi meu embaixo do vestido, presente do pobre czar para mamãe. Recebemos, em compensação, por venda de um vestido, 10 francos (mais mil francos do mês), ela levou vários vestidos dos ombros meus: fiquei consolada, minha querida *douchka*. Como então mulher inglesa estar com colar meu já que não teve leilão? Colar roubado?

Duas meninas manequins, desde que estou nesta incidência de vida (aguardando mudanças na Rússia), tiraram sorte grande, quer dizer, o sr. Poire: as duas estão estabelecidas solidamente, primeiro Germaine, desaparecida com aflição geral: chefe da polícia, sinais de reconhecimento e telefone para os pais... Impossível, minha *douchka*!... Germaine inteligentíssima mesmo, bastante assimiladora! Depois outra, *doublé* de Cinderela, macia como penugens passarinho. Voltaram se mostrando à luz do dia. Germaine predileta, ainda mais predileta, e Cinderela agora extremamente querida. Meninas manequins só ausentes para lua de mel. Persistir sempre manequins, rédea mais solta! Rédea mais solta do lado do sr. Poire, perfeito trabalho de amante, rédea mais solta lado salões perfeito trabalho amizades ricas. Sr. Poire gosta de saber onde está o caro Tesouro durante longa jornada, por causa dos ciúmes e em razão gastar bem menos.

Minha *douchka*, cidade inteira Paris é a tal ponto escola verdadeiramente helênica para graça, beleza. Toda Paris escolhe meninas lindíssimas para homens de gosto, muito conhecedores de moda, ajuda magnificamente para ornamentação, lugares esplêndidos com belezas de meninas lindíssimas. Compreende, minha *douchka*, escolher meninas lindíssimas como sabre imperial fatalmente para uniforme imperial.

Escuta mais ainda, longa carta. Por aqui filho do príncipe Pedro... sabe... de uma grande jovialidade, ficar de pé na saída loja alta-costura Nollet todas as noites por mim, menina manequim mujique com profundo amor tímido. "Me casaria com você, mesmo filha condenado trabalhos forçados." "Sou a princesa Iréna Petr Arianovitch!" "Impossível, minha cara!", disse em língua nossa nacional. Agora nós dois como alta sociedade de Petersburgo porém, infelizmente, minha *douchka*, muitíssimo, muitíssimo menos apaixonado, somente galante. Não é extraordinário?

Minha *douchka*, o próprio Nollet chamou a mim, envio beijos aqui da "cabine"! Sou princesa russa, porém fazendo trabalho em companhia de operárias, ah!, como estou distante da minha pátria.

Iréna

Carta do
sr. Milionário

Caro amigo,

Posso perfeitamente chamá-lo de "amigo", pois isso não me compromete em nada. Chamo o criado de quarto de "meu amigo". As cartas de negócios principiam com as palavras "caro amigo". Os franceses dizem "meu amigo" ao falar de um cavalheiro com quem conversaram durante uma hora. Na Rússia, os franceses são chamados de "*cheramigas*". Sou francês. Prometi-lhe um telefonema. Não dei. As pessoas sensatas que ainda acreditam no valor da psicologia, quer dizer, no valor de sua própria pessoa, convicções, pensamentos, dirão que faço pouco caso de minhas promessas. Uma promessa o que é? Um estado de espírito passageiro, nada mais que uma pancada de chuva. Promessa é uma palavra. Acredito que falar raramente exprime alguma coisa. Nem sequer tenho mais ilusão de exprimir algo com essas notações chamadas de "palavras". Tampouco direi qualquer coisa sobre a nossa conversa de ontem: nada é simples. Não creio em nada e em ninguém. Até poderia agradecer-lhe a aparente simpatia que o inspirou. Ao manifestar autoridade sobre mim, considero que o senhor se permitia um luxo, ou então quis tirar partido de mim financeiramente de forma um pouco mais engenhosa que os demais. Não tolero mestres, o senhor bem viu, e o meu dinheiro, aos que buscam obtê-lo, entrego apenas por desprezo: eu não o desprezo, tenho inveja do senhor. Quis encontrá-lo para avaliar um espírito superior. O senhor não é absolutamente tolo, como acreditava que fossem os poetas e artistas, porém o senhor não tem nenhuma ideia social nem determinação. Estamos a 100 milhas um do outro. Eu disse ter conhecido Einstein, citei palavras filosóficas dele e o senhor retrucou que é filosofia de um zelador de prédio. As filosofias todas pertencem a todo mundo, a começar por zeladores e camponeses. O valor de um homem é nos pormenores da ação que se percebe. Não gosto nem admiro nada nem ninguém. Minha mãe é dura como um pedaço de pau: está com câncer no estômago;

participaram-lhe a hora e a data de sua morte, ela acertou tudo: cerimônias, convites, testamento. Nomeou-me herdeiro, porque meu irmão dilapidaria tudo e eu vou consumir apenas três quartas partes.

Perdoe-me a violência e a amargura, ou não me perdoe nada, para mim tanto fez como tanto faz. Tampouco procure compreender: nem vejo aliás por que o senhor se daria ao trabalho. Sou um indivíduo sem interesse para o senhor. Somente a ação violenta e animal me interessa. Isto não pode interessar nem me tornar interessante. O que importa se dirijo os meus Bugatti a 220 por hora? Por duas vezes quebrei o braço, espero até quebrar a cabeça: alguém me impediria? Quem lê as mãos considera curta a minha vida, a partir daquilo que chamam de linha da vida. Sorte minha! Que interesse tem a vida? Meu pai era dono de uma coleção de quadros: comprou por 2 milhões um Rembrandt; foi comentado por toda a imprensa, deu-lhe satisfação. Ele mandou que eu aprendesse pintura, que não me diverte. Também aprendi música: é um movimento animal, mas não preenche a vida. O senhor caçoou de mim com toda a razão.

O senhor achou-se muito vivo quando desconfiou que eu não fosse o autêntico sr. Milionário. Julguei que suspeitava que eu não fosse. O senhor mencionou os vigaristas que conheceu, olhando-me nos olhos para ver se eu me mexia. Pensava: "Tenho diante dos olhos um tratante que se faz passar pelo sr. Milionário!", e inspecionou os meus trajes e anéis. Dizia consigo mesmo: "Muito caprichado como serviço". Ficou sossegado, enfim, com o anel de excelente bom gosto e minhas iniciais. Vi perfeitamente enquanto examinava. No entanto, representei o papel do tratante disfarçado, dizendo até: "Está assustado comigo, não?". O senhor respondeu: "Nada me assusta, não tenho nada a perder!", o que prova que estava efetivamente assustado. Como se o medo não fosse um sentimento existente por si mesmo, não sujeito aos bens que se queira conservar. O mesmo com a coragem! Porém aprecio a aventura e a complexidade. Tudo isso parece infantil, não é mesmo? Bem menos foi arruinar tanta gente para fazer a fortuna do sr. Milionário, e que toda essa ruína culmine numa vida infantil e depravada. Nem sequer tenho remorsos. Um homem rico é um homem que paga mais caro os prazeres de todo mundo. Quando me embebedo, gasto 2 mil francos e o resultado é uma embriaguez triste. Pessoas como o senhor embebedam-se na casa de amigos, não gastam nada e ficam alegres. Tenho mulheres, porque esperam tirar muito de mim não me pedindo nada. Dou-me ao luxo de realmente não lhes dar nada. Atiram-se nos meus braços. O senhor disse: "Que brincadeira sem graça é essa?". É uma locução da nossa gíria. Quando quis assustá-lo, o senhor imaginou que eu fosse alguma criatura romanesca, ao modo dos romances policiais. Quando cacoei de seu medo, queria aumentá-lo. O senhor não sabia, tendo ar de acreditar que sabia.

Quando se levantou, disse: "Diverti-me bastante com o senhor!". Era uma máscara de insolência; de fato, foi o senhor que me divertiu. Agradeço-lhe, porque é raro. Encontrarei um modo para que deem a notícia de minha morte próxima; é tudo o que saberá de mim no futuro.

Deixo Paris, que me exaspera e enlouquece. Peço desculpas pelo papel de carta alheio. Estou escrevendo da casa de uma mulher.

Dominique Milionário

Carta mortuária

Meu muito prezado,

Caramba, 150 francos por uma coroa de flores! É o que um lugar-tenente da Guarda Nacional recebia de soldo nos tempos em que existiam Guarda Nacional e lugares-tenentes. Se receberam muitas coroas com esse preço, deve ter sido um enterro suntuoso! Lamento não ter estado lá; foi com certeza de tirar o chapéu o tal enterro! Acompanhamento de órgão! Até o primo Mondori com aquele vozeirão tonitruante; você se esqueceu de dizer o que ele cantou. Com razão, pois não serviria para nada. A propósito, eu, desde *A muda de Portici* e *Lucie de Lammermoor*, ignoro por completo o que se canta nas salas de música. Mas por que cargas d'água o rapaz trocou de sobrenome? O nosso não soa suficientemente bem? De que mais ele precisa? Claro, a carreira artística, é verdade, a carreira artística! Eu não ficaria contrariado se usassem o meu sobrenome na carreira artística: é pela tia Elisabeth, tão carola! Bolas! Isso não tem importância — ela entregou tudo o que tinha ao Senhor. O Senhor, esse, eu trato de você e até hoje não se queixou. Raios! Era só o que faltava: Ele se queixar! Foi muita bondade do arcebispo incomodar-se indo dizer a missa de corpo presente — deve ter sido soberbo! Ele devia isso à família. Você sabe, primo, quando chegar a minha vez, dispenso tantas nove-horas! Mandem queimar a minha carcaça ou nem mandem; peçam ou não que me benzam, dá na mesma. O Senhor da tia Elisabeth que faça o que bem entender de minha alma de velho alcoólatra. Até que não fui um mau sujeito! Sofri um ferimento em Reichshoffen, outro em Chanzy, nas imediações de Mans. Quanto às mulheres, bem, as mulheres! Pois vou dizer a Ele: "Senhor! desejo-lhe tanta felicidade em sua Vida Eterna quanto a que me proporcionaram as mulheres entre 15 e 60 anos!". É o que vou dizer. Ele responderá: "Adolphe, você é franco! Gosto disto!". Aqui entre nós: o Senhor deve ficar incomodado com todas essas baratas de sacristia que se apoderaram dele. Não deve ser do seu estilo, o que pensa? Ele deve gostar mesmo é dos grandes velhacos da nossa laia. Além do mais, não faltam antepassados nossos lá no alto rezando por intenção de nós. Você sabia que meu tataravô foi cunhado de um bem-aventurado, não sei exatamente qual, da região do Languedoc? Bom, não um grande santo, é um santo da roça, um santo simplório da roça. Pois bem! Saiba então, meu velho e prezado camarada, que não me desagrada ter um bem-aventurado na família. No final das contas, faz parte da chamada boa educação! Preciso procurar o nome dele. No entanto, estou aqui a falar, a falar e você tem mais o que fazer além de ficar me escutando. Junto à missiva, vai encontrar um pacotinho de balas para sua mulher e uma caixa de chocolates para a Adèle.

Um abraço apertado, meu velho camarada.

Teu Adolphe, conde de la Sàr

Cartas históricas

Bula de um papa do século IX

Gregorio, Bispo, servo dos servos de Deos, a todollos Bispos & demaes fieis de Deos comstituidos em estes rregnos da Gallia.

Em virtude da herança apostolica, havemos de estender a nossa solicitude a todallas igrejas, poys he de nosso imtento ocuparmonos dos imteresses geraes de modo a zelarmos tambem pellos interesses particulares, quaesquer que sejam. Assim, huma vez viimdos aos rregnos gaulleses, em rrazom das imnumeraveys preocupaçoms da Igreja de Deos, fomos teer com o Mui gram emperador Ludovicus & o Veneravel Abbade destas partes que chamam de Bozon, do mosteiro de Fleury, no pagus de Orleams. O proprio serreníssimo Augusto communicoo aa nossa authoridade, entre outras cousas, que hum pio Abbade que chamam de Leodebold prometeo de edificar pera os Frades hum mosteiro em homrra de Deos & da Santa Madre Maria, assi como tambem do Bemavemturado Primçipe dos Apostolos Pedro, & que per huma rrevelaçom divina o corpo do Patriarca S. Bento foi tramsportado pellos Frades deste meesmo mosteiro desde a provimcia de Capua & sepultado com devoçom, assi como comsta da mui manifesta estoria. E foi de tall guisa, que pera imstituir a rrelligiam monastica, o emperador Carlos de pia memoria, per hum decreto de sua authoridade, acreçemtoo & emriqueceo este meesmo logar & comfirmoo as doaçoms com testamentos & outros titullos. De omde segue que o açima dito Senhor aprazível a Deos & o açima dito Abbade tenham rrequerido de nossa authoridade, pera rreprimir a nom discreta cobiiça de algums, que conferissemos hum privilegio ao dito mosteiro.

Eis por que fazeemos decreto, com o comsselho & acordo de todollos Bispos presemtes, que as posses & cabedaes do rreferido mosteiro, tanto os moveis quanto imoveis atualmente outorgados aos Frades ou os que vierem a selo, sejam comfirmados & sse perlomguem sem mais imquietaçoms, & que de ora em diamte, nehum bispo, duque, conde, viscomde, vigario, prior, alguazill, corregedor

& gemte gramde ou meuda venha imquietar o dito mosteiro, ou asenhorarsse de qualquer bem a elle pertemçente ou dos homems sem a annuença do padre Abbade ou, naquillo que puder cobrar o fisco, venha de algum modo a exçedelo.

Acreçemtamos aimda que em semdo o veneravel Patriarca S. Bento o legislador dos Frades & meestre, tambem he elle o chefe da rrelligiam monastica, & o padre Abbade que emcabeçar o meesmo mosteiro, tera elle as preeminençias dos Abbades dos rregnos das Gallias; & que nehum rreligioso da Hordem Saçerdotal, a saber, arçebispo, bispo ou clerigo, sse atreva a inquietalo ou va ter ao dito mosteiro sem a vomtade expressa do referido Abbade & pratique alguma hordenaçom ou diga missa, afim de que em todollos tempos futuros possam os Frades fazer o serviço de Deos em paz & seguramça, sem sevíçia nem comtroversia.

E quamto ao padre Abbade, que seja elle filho do mosteiro, imstituido de plenario poder & comssemtimento dos irmaãos Frades & escolhido em rrazom de uma vida meritissima & costumes mui honrados, & nom em vista de lucros vergonhozos ou per simonia, & que o Bispo o qual vier a beemzelo, que seja em todo de sua guisa & sem que mal sse pemse.

E quamto ao Frade ou diacono hordenado, que sse observe aquillo que os estatutos & regra de viver da Hordem prescrevem, pera que nehum Bispo possa rrequerer obediemçia daquelles que hordenou ou jamais rrecusar a hordenaçom daquelles que ssom dignos de seu offiçio.

Emfim, em acomteçemdo imculpaçom do Abbade em causas criminaes, nom seja proferida semtença per hum Bispo soomente, mas que sse rrecorra aa çemsura do Comsilio provimçia ou em acomteçemdo de sse prefirir apellar pera a Se Apostolica, que seja tramsferida a causa pera a audiemçia do Sumo Pontífice rromano, e todallas vezes que per ventuira neçessitar urgençia, que lhe seja permitido hir a Roma per qualquer meio; & que tenha sobre as molheres e os homems de sua Hordem o poder de ligar e o de desligar. Se per ventuira o Abbade ou qualquer Frade do referido mosteiro trasladarsse pera outra hordem de clerezia, que nom tenha dahi em

deante poderes pera permanecer nesse logar & moormente fazeer o
que quer que seja. Porem, se per ventuira os Frades do meesmo mosteiro forem privados de comunhom per falta cometida, em caso de
çemsura territorial da dioçese, mas sahirem fora com emteemçom
de receber a comunhom em comarcas darredor, he mister embar-
gar assaz bravamente aos padres de lhes darem comunhom, poys a
hordem rregular seria destroida & moor tribullaçom imtroduzida
per esta via. Porem, se em comsequemçia de pecados dos moradores de aquellas partes, hum anatema de excomunhom for lançado
contra elles, comçedemos aos irmaãos do rreferido mosteiro & desta
mesma comgregaçom o privilegio de poderem celebrar o offiço di-
vino absolvidos de tudo. Pareçenos bom comçeder tambem ao dito
mosteiro, todalla vez que os irmaãos de çertos mosteiros rreçearem
nom poder observar a rregra & quiserem buscar gasalho junto a este
meesmo chefe dos Frades, o Patriarca S. Bento, com fins de aperfei-
çoar suas vidas, a permissom de permaneçerem estomçe no referido
mosteiro per tam longo tempo quanto bem lhes aprouver, gozamdo
de os costumes monacais ate lhes pareçerem que a boa hordem rre-
tornou aos seus mosteiros. Porem, se per ventuira o gasalho de hum
çerto irmaão geerar desprazimemto ou dano aos demaes, cumpre
que parta dalli per sua propria comta ao invez de lhes causar estorvo. Estas e todallas cousas determinadas na bulla de nosso preçeito
& decreto, nos a comfiamos pera perpetua comservaçom ao referido Abbade quamto pera aquelles que lhe sucederão em sua Hordem & logar, & semelbavelmente a outros a quem disser rrespeito.
No emtamto, se algum dos reis, padres, juízes & gemtes seculares,
em temdo conheçimento desta bulia de nossa authoridade, emtem-
der comtrariala, que seja elle destituído de sua dignidade, poder &
homrra, sabeemdo que estas & outras taaes iniquidades ssom passi-
vees de imculpaçom perante a justiça divina, a menos que rrestitua
aquillo que por alleive quiserem rroubar & deplore os actos illiçitos
per huma digna penitemçia, ou emtam que lhe peese imterdiçom
& anatema & privaçam do Samtissimo Corpo & Samgue de Christo
& a terrível vimgança do Juízo Final. Porem, a todollos que obser-
varem a Justiça nesse meesmo logar, esteeja a paz de N.S.J.C. com

vosco ate rreçeberdes a rrecompensa da boa vida e emcõtrardes a rrecompensa da eterna paz jumto ao Juiz Venerado, amem.

Trasladada em vulgar pella maão de Teodoro, scripvam chamçeller da Samta Igreja rromana em este mes de abril.

Imdicçom X***
Gregorio, papa

restos mortais. (Palavras de Odon, abade de Cluny, transmitidas por Adrevald.) Isso se passou em 542, um ano antes de sua morte, no dia 21 de março de 543. Ora, só em 634 é que se pensou em aplicar a admirável regra, difundida por um livro intitulado *Diálogos de São Gregório*. Como a marcha do progresso é demorada! *Nunc entdimini*, senhores pensadores e gente de vanguarda!

Os monges de Saint-Aignan de Orléans não queriam alterar seus hábitos. Leodebold pensou em fundar um mosteiro para seguir ideias então modernas. Fleury, a 30 quilômetros de Orléans, era uma propriedade rural da realeza. Leodebold possuía na região do rio Oise ou Aisne terras chamadas Attiniacum. Rei e abade fizeram uma permuta. Foi o princípio da abadia de Saint-Benoît. Leodebold não foi o abade da fundação. O primeiro abade chamava-se Rigomaire, e morreu em 658, depois de ter acolhido um grande número de nobres que se tornaram religiosos em sua companhia.

VII. Assim como consta da mui conhecida história

A conhecida história é a de Adrevald, monge de Fleury, que escreveu na mesma época do abade Bozon. Os seus *Milagres de São Bento* são um dos mais antigos documentos da história da França. Através dele, temos noção pormenorizada do traslado das Santas Relíquias, que são, ainda hoje, a glória da velha abadia de Saint--Benoît-sur-Loire. Isto é, São Mommole teve um sonho ou visão, comunicada a um padre moço chamado Aigulfe; nasceu do sonho ou visão a ideia da transferência dos restos sepultados no Monte Cassino, próximo a Roma, os restos do grande São Bento. Consta que Aigulfe foi corajoso! Era preciso coragem, na época, para empreender uma viagem de ida e volta até Roma! Ele, como perceberão, era tão corajoso quanto precavido. No momento de partir, receberam em Fleury a visita de alguns monges; estavam chegando de Le Mans e dirigiam-se para o Monte Cassino, para se apossarem de relíquias... as mesmas relíquias. "Percorreremos juntos o caminho e faremos a partilha", talvez tenha dito Aigulfe. Eis que partiram, eis mesmo que chegaram! De início, convinha visitar Roma — é aqui que os convido a apreciar, exatamente aqui, a agudeza do jovem Aigulfe.

Um belo dia, os monges de Le Mans não encontraram mais o companheiro. Aigulfe já ia longe em direção do Monte Cassino.

O Monte Cassino fora devastado pelos lombardos; como então identificar o túmulo sagrado? O monge moço fez aquilo que todos nós deveríamos fazer em apuros: pôs-se a rezar. Ora, em suas preces, viu um ancião venerável... em resumo, aconteceu um milagre, sempre segundo Adrevald. Muito provavelmente aconteceu um milagre, eu acredito nos milagres, e até que sejam mais numerosos do que se crê. Porém também li a narração em Dom Chamard, apresentada de outro modo. Dom Chamard traduz um manuscrito alemão contemporâneo sobre aqueles santos acontecimentos, onde está dito que um boiadeiro apontou o túmulo para Aigulfe, o que parece plausível. Não me venham dizer que o boiadeiro poderia ter se enganado! O túmulo, depois de aberto, podia ser reconhecido por duas razões: a primeira é que São Bento tinha os ossos de um homem de grande estatura: 1 metro e 80; a segunda é que o túmulo do santo não se parecia com os demais: comportava dois corpos superpostos, separados por uma laje. Santa Escolástica fora enterrada quarenta dias antes de seu irmão. Na lateral norte da basílica de Saint-Benoît, as magníficas esculturas da frisa de uma porta relatam o traslado das relíquias: vemos os monges de Le Mans chegando ao Monte Cassino, e a expressão de diversos sentimentos diante da sepultura aberta! "Depois, em Fleury, faremos a partilha!", disse, ao que parece, Aigulfe. Também vemos os milagres que marcaram a entrada dos monges no território de Fleury. Segundo Adrevald, o papa Vitalini mandou processar os piedosos pilhadores.

VIII. A província de Cápua

O Monte Cassino está situado na província de Cápua e não da Campânia, como sugere Chamard.

IX. Sepultado com devoção

O uso de expor os restos sagrados em relicários não é anterior ao século X. Antes dessa data, veneravam-se os túmulos dos santos simplesmente. O corpo de São Bento, de início, foi depositado na igreja de São Pedro, depois em Santa Maria, dentro de um cofre de madeira, segundo as ordens de São Mommole. Em 860, o corpo foi colocado numa caixa transportável para poder escapar aos normandos, e recolocado em seu túmulo, não mais recoberto de terra. Em 990, as faces internas foram revestidas de madeira e lâminas de ouro. Em 1108, quando terminaram a atual basílica, São Bento foi descido até a cripta, honrando um relicário de prata maciça, ornamentado por um rubi do rei Felipe I. Em 1207, o relicário foi exposto na parte superior da igreja e substituído por um mais belo, que viria a ser roubado pelos protestantes em 1562. Aquele que, em nome da lei, foi retirado no dia 2 de janeiro de 1793 datava de 1637 e era de prata. Entre 1580 e 1637, por causa das agitações religiosas, o corpo de São Bento permaneceu escondido num relicário de madeira ornado com flores-de-lis. O relicário atual data de 1880; o precedente datava de 1825 e era muito simples.

Obtive as informações sobre os relicários, que autentificam assim as nossas relíquias, no livro excelente do abade Rocher: *História de Saint-Benoît-Sur-Loire* (Orléans: impressora de Georges Jacob, 1865).

X. Imperador Carlos
O documento do imperador Carlos foi perdido.

XI. Vigário, prior, tabelião, corregedor
Os senhores encontrarão a definição exata dessas funções num bom manual. Não me atrevo a dá-las de memória, porque, em suma, não sou um bom erudito! No reino de Luís XIV, alguns magistrados de província recebiam ainda o título de *viguier*. Vigário e *viguier* têm origem comum, penso eu.

XII. Assenhorear-se dos homens sem a anuência do abade
Vestígios da servidão que, naquela época, era universal.

XIII. Naquilo que puder cobrar o fisco, venha de algum modo a excedê-lo
Por ordenação, cuja entrada em vigor data de 818, o mesmo imperador classificou as abadias beneditinas por ordem de riqueza, em

três categorias. Algumas, entre as quais a abadia de Fleury, as mais ricas, eram obrigadas a pagar três tipos de impostos: o serviço militar ou "*ost*", as doações em dinheiro e as preces pelo império. As demais deviam apenas a doação em dinheiro e as preces. As de última classe deviam apenas as preces. O papa Gregório faz alusão a esta ordenação, sem dúvida.

XIV. O primado entre os abades da Gália
A abadia de Saint-Benoît era abadia real, portanto, dependente apenas do papa. Até as suas próprias escolas eram independentes.

XV. Nenhum religioso da ordem sacerdotal
Um padre que não é monge.

XVI. Sem sevícia nem controvérsia
A história da abadia, o mais das vezes, foi a de suas querelas com o bispo de Orléans. Por volta de 980, Arnoult, um bispo, tomou a liberdade de exigir do abade Oybold o preito de fé e homenagem a que não tinha direito, e, como o abade recusasse qualquer espécie de preito que fosse, o bispo, em furor, pôs-se a destroçar os vinhedos do mosteiro. Ora, era tempo de colheita; foi grave! Os monges limitaram-se a uma pacífica manifestação. Foram em procissão até os vinhedos, carregando relicários, e os lavradores fizeram sem ser perturbados a sua vindima sob a proteção dos santos. O rei Hugo Capeto confirmou a abadia em seus privilégios. Isso não impediu, no ano seguinte, que o bispo Arnoult tivesse reiterado as reclamações, o seu sobrinho a pilhar as propriedades dos monges, e seus homens a atacar o abade em plena estrada perto de Tours, à noite. Depois de Arnoult, o bispo Foulques continuou a luta, ou iniciou uma segunda. Veio a cavalo até o mercado de Saint-Benoît, com homens armados, para protestar contra os privilégios do mosteiro. Foi uma bela balbúrdia, os feirantes e habitantes da cidade perseguiram-nos para expulsá-los, gritando: "Viva São Bento!", e terminaram por se atracar; espalharam-se os mortos, sangue e feridos pela praça. O incidente teve repercussão: houve uma reunião

de bispos sob a presidência do rei Roberto II, fazendo o papel de juiz, e nessa reunião, no momento em que os monges brandiram as cartas papais de seus privilégios, tentaram arrancá-las para queimar, tudo isso em presença de um cardeal. O papa João, que então vivia, deve ter ficado bastante contente! Eis como tudo se agravou: o arcebispo de Sens teve a audácia de excomungar o abade Gauzlin, o papa escreveu ao rei, enviou um legado, chamou a Roma o bispo de Orléans e o arcebispo de Sens, depois o próprio Gauzlin. Alguns dizem que chamou Gauzlin por outro motivo. A verdade é que o arcebispo e o bispo foram ameaçados de excomunhão, e Gauzlin, coberto de honrarias e presentes. Esse Gauzlin era, segundo dizem, filho natural de Hugo Capeto e irmão do rei Roberto.

XVII. Que seja ele filho do mosteiro
O papa não diz nada sobre a pessoa que escolhe, fala somente da aprovação dos irmãos.

XVIII. Simonia
A compra do cargo.

XIX. O bispo que vier dar a bênção, que seja de sua própria escolha
Para furtar-se à jurisdição do bispo de Orléans, o abade recebia a bênção do arcebispo de Bourges, cujos direitos não podiam rivalizar com os do abade.

XX. Em causas criminais... que se recorra à censura do Consílio da província
O bispo de Orléans, enquanto juiz criminal, teria tido uma arma contra a abadia.

XXI. Ir a Roma por qualquer meio
Por exemplo, utilizando a posta reservada aos príncipes. Nos tempos de Constantino, os convocados para o Concílio de Niceia foram levados pela posta imperial.

XXII. Poder de ligar e de desligar
Isto é, de confessar.

XXIII. Se porventura o abade ou qualquer frade transferir-se para outra ordem eclesiástica
Poderia ser prejudicial aos privilégios da abadia que o abade fosse ao mesmo tempo bispo... de Orléans, por exemplo.

XXIV. Toda vez que os irmãos de certos mosteiros tiverem receio
A disciplina era tão bem observada em Saint-Benoît-sur-Loire que o papa permitiu que os monges de outros lugares fossem até lá para se retemperar.

XXV. Que lhe pese interdição e anátema etc.
Podemos achar fórmulas de imprecação e anátema nos livros de diplomática, em particular no do sr. Giry (1890), que convém consultar para qualquer uma das dificuldades presentes neste documento.

XXVI. Fórmula final
Notar: a similitude da fórmula com aquela que conclui a regra de São Bento.

XXVII. Escrivão chanceler
O arquivista encarregado da guarda dos Escritos pontificais.

XXVIII. Indicção
Ciclo de quinze anos, utilizado para datar a maioria dos atos da Idade Média. O ciclo começa de modo vago em setembro ou janeiro segundo as épocas ou lugares. Em geral as datas são dificílimas de estabelecer, uma vez que os anos podem começar na Páscoa, no Natal, ou em 25 de março. Exemplo: Carlos Magno foi sagrado em 25 de dezembro de 801, segundo as crônicas: para nós é o dia 1º de janeiro de 800. Não é este o momento para desenvolver tais considerações.

Resta-me pedir perdão enfim aos manes do papa Gregório por ter confundido o seu nome e um escrito de sua mão com gracejos ou anedotas por demais terrestres.

Posfácio

Pablo Simpson

Em 2017, o canal televisivo franco-alemão Arte exibiu, em seis episódios, a série *Os aventureiros da arte moderna*. Inspirada na trilogia romanesca do escritor francês Dan Franck e dirigida por Amélie Harrault, Pauline Gaillard e Valérie Loiseleux, ela começa com um personagem insólito. Max Jacob, poeta da boêmia de Montmartre, vagueia pelas avenidas de Paris com seu monóculo, cartola e sobrecasaca. Ao cruzar pela rua Laffitte vê, impressionado, na vitrine da galeria de arte de Ambroise Vollard, um quadro azul que lhe chama atenção. Trata-se de *Homem e mulher no café* (1903), de Pablo Picasso.

No livro de Dan Franck intitulado *Paris boêmia: os aventureiros da arte moderna (1900-1930)*, Jacob pede a Vollard para ver outros quadros do pintor. Na galeria, havia 64 deles que não se pareciam com nada, nem com o impressionismo de Jean Renoir e Edgar Degas, nem com o simbolismo de Puvis de Chavannes e Maurice Denis. Segundo Jacob, eles imitavam todos, como Toulouse Lautrec, porém "envolvidos num turbilhão de gênio [...] força de uma personalidade inteiramente nova e original".[1]

Pouco mais tarde, Jacob teria batido à porta do pintor que vivia no número 130 do bulevar de Clichy, no apartamento do *marchand* catalão Pere Mañach. Lê alguns poemas, que Picasso, recém-chegado

---

1. A citação está em Dan Franck, *Bohèmes: les aventuriers de l'art moderne (1900--1930)*, Paris: Calmann-Lévy, 1999. Resume a narrativa feita por Max Jacob durante uma conferência em Nantes para a exposição *De Bonnard à Picasso*, de 1937. Todas as demais citações, quando não indicadas, provêm de *O gabinete negro*.

a Paris, mal compreende. É convidado para jantar na companhia de amigos espanhóis. Dançam, cantam. Prometem rever-se. Viverão, mais tarde, na residência de artistas *Le Bateau-Lavoir*, Barco-Lavanderia, nome dado pelo poeta em virtude de seu formato com vários compartimentos; lavanderia, porque ironicamente só dispunha de uma saída de água.

Max Jacob é um dos personagens centrais dessa longa história, dessa aventura, por assim dizer, que seria a arte moderna. Não apenas por ter ajudado a difundir a obra de Picasso, indo de galeria em galeria solicitar telas do pintor ainda desconhecido. Ou por ter teorizado sobre o cubismo e ter sido um dos principais formuladores de sua história, ao relacioná-lo com a descoberta da arte negra: Picasso teria visto uma estatueta africana na casa de Henri Matisse. Tampouco por ter estado no centro de algumas polêmicas, uma delas, ao ser desenhado pelo pintor espanhol de forma notadamente realista em 1915, retrato visto como uma renúncia ao cubismo.[2] Max Jacob foi autor de livros fundamentais para a literatura moderna: *Cornet à dés* [O copo de dados], de 1917, com seus difíceis poemas em prosa, e *Le laboratoire central* [O laboratório central], de 1921, repleto de trocadilhos, justaposições e de uma musicalidade dissonante, cujo caráter burlesco o compositor contemporâneo Francis Poulenc adaptaria para um ciclo de canções.[3]

Livros lidos na França por poetas como Guillaume Apollinaire, Jean Cocteau e Pierre Reverdy, com os quais conviveu. Lidos também no Brasil com enorme interesse. Oswald de Andrade menciona o poeta francês em carta a Mário de Andrade na qual diz ser ele um dos únicos "moderníssimos" a serem levados

---

2. Sobre esse episódio e a relação entre ambos, cf. o catálogo da exposição *Max Jacob et Picasso*, organizado por Hélène Seckel (Paris: Éditions de la Réunion des Musées Nationaux, 1994, p. 115).

3. As observações são de Antonio Rodriguez para a edição recente de quase toda a obra do escritor pela Gallimard/Quarto (Paris, 2012, p. 554). Há, no conjunto, um poema intitulado "Musique acidulée" [Música acidulada].

a sério, lamentando não ter podido encontrá-lo no momento em que residia no ateliê parisiense de Tarsila.[4] Carlos Drummond de Andrade, em carta de dezembro de 1924 ao poeta de *Pauliceia desvairada*, incluiria Jacob numa lista de autores que iria de Marcel Proust a James Joyce, ao opor-se a uma ideia de poesia nacional primitiva.[5]

É desse período este conjunto de cartas intitulado *O gabinete negro*, traduzido magistralmente pela primeira vez ao português por Luiz Dantas. Conjunto publicado originalmente com apenas seis cartas em julho de 1922 pela Bibliothèque des Marges, acrescido, a pedidos de Jean Paulhan e da editora Gallimard, de várias outras, reunidas em 1928 e, desde então, reeditadas[6].

São cartas ficcionais seguidas de comentários, gênero estranho. Lembram-nos de romances epistolares como *As ligações perigosas*, de Choderlos de Laclos, ou *Júlia ou a nova Heloísa*, de Jean-Jacques Rousseau, embora reduzidas à dimensão de um conto ou retrato. Duas delas, da viúva Gagelin, personagem também do livro *Cinématoma*, que Jacob publicou em 1920, são apenas conselhos para a filha. De todo tipo, por exemplo: aplicar todas as noites no rosto uma compressa de dois escalopes de vitela, "melhor que todas as pomadas do universo e infinitamente mais simples". Ou obrigar o marido a prestar contas de tudo "minuto por minuto, daquilo que fez ou daquilo que disse" para domesticá-lo e evitar, assim, a "existência de dependência que fez de mim mártir".

---

4. Andrade, Oswald de. *Telefonema, Obras completas*, 10. Rio de Janeiro: MEC/ Civilização Brasileira, 1974, p. 41-42.

5. Santiago, Silviano (Org.). *Carlos e Mário*. Rio de Janeiro: Bem-te-vi, 2002, p. 297 (em nota) e 79-80, respectivamente. Sobre a relação entre Mário de Andrade e Max Jacob, cf. Simpson, Pablo. "Deslizar nas ruas, entre Mário de Andrade e Max Jacob" in *Revista do IEB*, n. 53, 2011, mar./set., p. 107-126, de que retomo algumas indicações.

6. Foram acrescentadas ainda cinco cartas na edição póstuma de 1968, todas aqui traduzidas.

São cartas cheias de humor, de humor sutil, como nos conselhos que daria também sobre como vestir-se. As frases são rápidas. Da deselegância que observa nos teatros parisienses, a viúva Gagelin passa logo à altura e ao corte das saias, num texto que é, possivelmente, um pastiche das revistas de moda do período:

> Saí às compras em Paris, então, e trouxe duas dúzias de toucas leves para você. Achei Paris tão escura e tão vulgar! Pouquíssima elegância até no teatro. Em suma, a cintura continua sempre indefinida e as saias mais estreitas embaixo que em cima, com tendência à meia anquinha e a tufar, principalmente os vestidos de noite.

São cartas que se organizam menos a partir de relatos ou de anedotas do que através da linguagem dos personagens, às vezes empolada, noutras com exageros, imprecisões. Cartas que podem ser protocolares e, ao mesmo tempo, furiosas. É o caso do primeiro texto do conjunto, intitulado "Sobre a conclusão do curso secundário". Nela o pai anuncia que irá cortar a mesada do filho, inconformado com o fato de que Louise, sua amante, mulher difícil de agradar, esteja saindo com o rapaz:

> Sobre a conclusão do curso secundário, se sua mãe insistir, vocês que resolvam sozinhos. Você, em suma, já está em idade de ganhar a vida. Quanto a mim, não me interessa dar dinheiro a meu filho para que ele se divirta com as mulheres que conheceu junto comigo e que, mais ou menos, são minhas.

Trata-se de uma única ação — a ruptura com o filho, ruptura financeira, diga-se assim —, e não está aí a graça desses textos. Vem de um virtuosismo que faz com que cada missivista manifeste os seus trejeitos, estratégias e estilos: estilo, diria Jacob no importante prefácio de *O copo de dados*, não como a língua do escritor ou índice de sua personalidade, mas como aquilo que garantiria uma unidade de composição e que seria, talvez pudéssemos dizer, a expressão do caráter desses personagens. No fragmento acima, está nesse suposto interesse pela educação escolar do filho, tratado com a distância formal da terceira pessoa: o "meu filho" em vez de "você".

São textos que se situam, além disso, em tempos diversos: um deles no reinado de Henrique IV, sobre a execução de um jovem chamado La Ramée, que se dizia filho do rei Carlos IX, episódio recortado, sem que o leitor seja prevenido, do *Journal du règne de Henri IV*, de Pierre de l'Estoile, de 1741, conforme a técnica vanguardista da colagem. Outro do século IX, a "bula de um papa", que Luiz Dantas traduz habilmente servindo-se da ortografia dos cronistas portugueses dos séculos XIV e XV, texto com o qual Jacob contou, nas notas acrescidas, uma parte da história do mosteiro de Saint-Benoît-sur--Loire, onde foi viver a partir dos anos 1920, convertido ao catolicismo, depois da aparição do Cristo na parede de seu quarto em 1909.[7]

Dessa conversão, aliás, provém um tema frequente às cartas de *O gabinete negro*: o ensinamento moral. Não são cartões-postais ou relatos de viagem. Motivam-se por querelas de trabalho, desejos de nomeações públicas, pequenas fofocas, brigas de família, infidelidades, paixões. Uma delas, intitulada "Resposta do abade de X... a um rapaz desacorçoado", chegaria a propor a conversão do jovem que deseja apenas passar nos exames escolares. Para desespero da família, sugere que "qualquer hora roubada aos estudos pela oração é benéfica", e que o catolicismo tem uma grande vantagem: a possibilidade de cometer o pecado, confessar-se e obter o perdão. Num dos trechos, o abade convocaria Nietzsche e o cinema na tentativa de persuadir o menino:

As revoluções do século XIX sacudiram tudo. A tradição sobreviveu por muito tempo, embora sendo destruída a cada geração, reduzida

---

7. Sobre a conversão de Max Jacob, que foi batizado tendo como padrinho Pablo Picasso, e que o faria mesmo pretender, no fim da vida, a publicação de um livro como *Méditations sur le chemin de croix* [Meditações no caminho da cruz], cf. o estudo importante de Christine Van Rogger-Andreucci. *Poésie et religion dans l'œuvre de Max Jacob*. Honoré Champion: Paris, 1994.

a tal ponto a nada que não se sabe mais onde está o bem, onde está o mal. O cinema exibe bandidos para que aplaudamos; a guerra glorificou a força e a esperteza. Os jovens, inclinados a verificar a exatidão de tudo o que papai e mamãe ensinaram, leem em Nietzsche que o homem superior possui todos os direitos. Perguntam a si mesmos se não seriam "um homem superior". "Se eu for um homem superior, o que devo fazer para fazer o bem? E se não for um homem superior? Devo então me tornar um grande bandido como X... no cinema?"

A carta afirmaria ainda, em sua frase inicial, que "É apenas pela dor que continuamos a avançar", insinuando uma espécie de religião do sofrimento, à semelhança da "Carta sem comentários": "Com lágrimas tudo se perdoa, e só depois de muito sofrer é que alcançamos a confiança".

São como pequenos instantes de sabedoria que se espalham aqui e ali. E que vêm, ademais, de diferentes perspectivas: sociais, religiosas, ideológicas. Um desses *flashes*, de um médico ao amigo, sugere como fazer para aumentar o número de clientes: "Basta persuadir a zeladora de que você lhe salvou a vida quando foi acometida de uma coriza e terá por clientela todos os locatários do prédio". Outro, da viúva Gagelin, instrui a respeito das empregadas domésticas:

> Quanto mais liberdade se dá a essa gente, mais elas exigem. Na casa da sra. Riminy-Patience, as empregadas não têm um só dia de folga, com exceção de Finados. Para que tantas folgas? Será que elas têm necessidade de sair... uma empregada, ora essa!

Soma-se a esses "ensinamentos", a essas diferentes perspectivas — lembrando o interesse de Max Jacob por uma espécie de cubismo literário que multiplicasse pontos de vista e renunciasse tanto a agradar quanto a construir uma intriga —, o lugar dos comentários.

Concluída a leitura da correspondência, surge uma instância interposta entre ela e o leitor. Para quase todas as cartas há uma espécie de *post-scriptum* cuja origem não nos é indicada. É uma primeira leitura, como diria o comentário à carta da princesa Arianovitch:

leitura de um curioso que sente "o odor das virtudes". De um curioso ao qual se revelam esses textos antes de se revelarem a nós mesmos, como se fosse ele um dos responsáveis pelo serviço de inteligência do Antigo Regime, chamado de *gabinete negro*, procedendo à abertura de cartas por ordem governamental e assinalando suas impropriedades. Na França, até o período de Napoleão III, transmitiam-se ao governo trechos comprometedores ou que representassem ameaça à ordem religiosa e institucional. Rede de espiões, especialistas em criptografia, desbaratada somente com a popularização dos serviços dos correios no século XIX, quando se tornou inviável selecionar correspondências para a inspeção regular.

Os comentários tornam essa primeira leitura quase a de um censor. Contextualizam as cartas, explicitam as suas motivações. Na "Carta do poeta moderno" é que descobrimos, pela reprodução de um diálogo da mãe do poeta com o tio Adolphe e de outra carta anexa, a necessidade de "fiscalizar" o jovem Maurice para evitar seu possível desvio moral — aqui da ordem da moral burguesa —, isto é, Maurice, filho da família Fayot, importante no ramo das máquinas de lavar, quer esposar uma "mulher da vida".

Na carta do advogado Dambray ao conde de Popelinot, pastiche de estilo jurídico com seus "ônus", "impetrantes", "suplicantes", o comentarista acrescentaria uma nota encontrada "presa com um alfinete". Nela uma espécie de base para a defesa do caso. Só diante desse anexo compreenderemos a sentença sobre a paternidade de Popelinot. Atesta-se a má conduta da rapariga Percinet, que já havia, no momento de seu relacionamento com o conde, de quem teve uma filha, "frequentado" ou "recebido" diversos outros homens. Segundo a nota, o melhor meio para defesa seria, assim, "a prova da libertinagem pública da genitora", pois, afinal, "Mulher pública que concebeu e deu à luz não pode intentar nenhuma ação para reconhecimento de paternidade e alimentos".

São comentários, portanto, que vêm também julgar a ação. Diante da carta quase incompreensível da operária Louise Coudert, repleta de erros de ortografia, o comentador repreenderia a embriaguez da personagem, que "voltava bêbada muitíssimas vezes

[...] e muitíssimas vezes nem voltava". Tendo em mãos outra, a de um sargento que curiosamente se põe a dissertar de forma geral sobre o casamento, afirmaria estar encantado ao ver aí "um autêntico documento do estado de espírito da gente moça".

Uma frase de *O gabinete negro* resume, assim, o lugar desses comentários: "Muitos conhecem perfeitamente a maquinaria administrativa, em compensação conhecem mal o coração humano". Cabe ao comentarista investigar esse coração, palavra frequente ao conjunto, ou, como afirmaria o narrador de outro livro de Max Jacob, intitulado *L'Homme de chair et l'homme reflet* [O homem de carne e o homem reflexo], fazer um pouco "a moral velada".[8]

É na tensão entre a leitura que se propõe dessa correspondência fragmentária e aquela que poderíamos fazer dela que, me parece, se encontra um dos centros de interesse desse conjunto. Porque tais comentários tornam ainda mais complexos, mais dúbios, esses lugares do ensinamento e do julgamento moral: da boa conduta, dos comportamentos e valores que os personagens vão assumindo, como os de um empregado do comércio que afirma, depois de chantagear o patrão, que "o pobre é mais honesto que o rico, enquanto não estiver com fome".

O embaraço da leitura deles é que não sabemos que perspectiva os engendra. A primeira hipótese, de Max Jacob convertido e afim à prática de uma literatura edificante — contra o materialismo burguês, por exemplo –, até poderia parecer razoável em alguns momentos, como no comentário da primeira carta sobre o pai que corta a mesada do filho, quando se constata: "vejam o que fazem das famílias o divórcio e a vida sem Deus". Ou quando se afirma, no episódio do sargento, que "ninguém se surpreenderá se os jovens retornarem a Deus, ao Deus dos humildes, ao Deus que é a única Perfeição".

Mas na carta da viúva Gagelin, o comentarista é irônico. Em certo momento, chega a afirmar:

---

8. Jacob, Max. *L'Homme de chair et l'homme reflet.* Gallimard: Paris, 1994, p. 40.

O que esperam da conversa de uma mãe com a própria filha? Virtude, religião, educação? Mas isso todos conhecem, fica subentendido! Pois então, não acham muito mais bonito que ela comunique às crianças o gosto *chic*, e arme a filha com alguns dos meios de defesa que as mulheres possuem contra os homens, por meio dos cuidados encantadores de seus dotes?

Noutro trecho, diria ainda: "Bem sei que, ao inocularmos o amor pelo luxo em nossas crianças, podemos levá-las ao desânimo, e as meninas em particular, ao adultério, ao divórcio, à aversão e ao abandono dos filhos".

O lugar dos comentários evidencia, assim, a ambiguidade do projeto de Max Jacob: entre certo catolicismo, de que foi praticante, e a literatura de vanguarda. Em primeiro lugar, porque não se trata claramente da sobreposição autor/comentarista. Isto é, o autor Max Jacob não necessariamente é quem traz comentários às cartas. Há máscaras por todo lado, como em sua poesia. Uma delas apropriada para compreender esse distanciamento: a do clown farsesco ou do louco, como num dos títulos previstos para o livro *Les pénitents en maillots roses* [Os penitentes de camiseta rosa], de 1925, "O *clown* no altar".[9]

Tais máscaras dissimulam a presença no conjunto de *O gabinete negro* de duas cartas autênticas, entre as mais inverossímeis: a do filho matemático, com suas fórmulas, encontrada no espólio do poeta, que pedia a amigos que lhe destinassem cartas estranhas[10] — e a do abade para o rapaz desanimado,

---

9. A observação está na introdução de André Blanchet ao livro de Max Jacob intitulado *La défense de Tartufe: extases, remords, visions, prières, poèmes et méditations d'un Juif converti*. Gallimard: Paris, 1964, p. 65.

10. Conforme nota de Antonio Rodriguez, que menciona também cartas de combatentes norte-africanos que teriam servido de inspiração para textos muito orais, como o da empregada doméstica. Cf. Jacob, Max. Op. cit., 2012, p. 1781.

originalmente enviada pelo próprio Max Jacob ao escritor Michel Leiris em 1921.[11]

Se, em virtude dos comentários, temos a impressão de um diálogo com uma tradição séria, por exemplo, como na última carta sobre a bula papal do século IX, e que permite vislumbrar em cada personagem a sua "situação espiritual"[12], tal diálogo é frequentemente rebaixado. Dedica-se a assuntos fúteis. Confronta motivações menores, o mais das vezes mesquinhas, e razões gerais. Há a incorporação de uma dimensão do cotidiano, como o das fábricas, de vendedores de rolhas e pregos, por exemplo, que se presta tanto à ironia quanto ao julgamento moral. Estão, às vezes, na mesma frase, como no comentário sobre a carta de Octavie Loiseau, que se envolve com o filho do patrão porém se arrepende: "É provável que as operárias de fábrica capazes de um gesto de renúncia por virtude sejam as que assistem à missa, sim, somente estas". Mesmo a palavra "moral", aliás, se afastaria de seu uso comum, como para o sr. Vaudor da "Carta de um empregado das lojas Entrepôt Voltaire", "homem moral", cuja moralidade era "evitar barulho".

Por outro lado, o artifício desses comentários, a presença deles, com suas máscaras, coaduna-se com o que Michel de Montaigne chamaria de uma predisposição à dissimulação ou à perfídia[13], não só porque estamos, através do autor, em contato com uma correspondência que talvez se preferisse particular — somos também nós *voyeurs* dessas pequenas desgraças —, mas porque, em vários momentos, conjugam-se julgamento maledicente e condenação religiosa: "Só mesmo o diabo é capaz de tirar algum proveito desses costumes todos", afirmaria o comentarista da carta intitulada "Deram boas risadas juntos no café", sobre um casal que se separou depois de ter discutido a respeito da decoração da casa e de um piano laqueado de branco.

11. Cf. Max Jacob. *Lettres à Michel Leiris*. Honoré Champion: Paris, 2001. As observações são de Antonio Rodriguez, op. cit., p. 1781.

12. Id., ibid.

13. Está em "De la presumption", *Les essais*, II, XVII.

Mas o julgamento moral é ambíguo também por outro motivo. Há nele uma alternância difícil entre o que se poderia chamar de "códigos domésticos", que determinam as boas relações entre marido e mulher, pais e filhos, e um código de caráter burguês, fundado em conveniências sociais ou na relação entre patrões e empregados. É conhecida a cruzada antiburguesa de Max Jacob, tão semelhante à de Mário de Andrade em "Ode ao burguês", sobretudo no "catálogo das espécies burguesas" que é o livro *Bourgeois de France et d'ailleurs* [Burgueses da França e outros lugares], de 1932. E sabe-se que Max Jacob trabalhou no comércio para homens como o próprio sr. Vaudor em 1903, na Société Paris-France, transformada no "Entrepôt Voltaire" de *O gabinete negro*. Tal cruzada está também aqui, em comentários e relatos devastadores como este sobre a sra. Vaudor:

Quando era moça, um empregado modesto com quem flertava, antes, durante e depois da missa cantada em x..., sua cidade natal, mas com quem não quis se casar porque era ambiciosa, por vingança apelidou-a de *A hipopótama pernóstica*. A alegria por ter encontrado esse nome consolou o pobre rapaz [...].

A presença de personagens como Dominique Milionário e o interesse por heranças, roubos domésticos, dotes e automóveis são alguns indícios dessa alternância. O que um código moral e outro poderiam trazer como resposta à felicidade pessoal ou harmonia comunitárias parece mudar a cada momento. Num trecho, o comentador solidariza-se com o personagem do sr. Vaudor, espécie de "burguês pouco-a-pouco": "[...] falemos de homens que sabem como se organizar na sociedade para fazer fortuna: eles são admirados e merecem, não é verdade?". Noutros momentos, propõe:

Apreciar o luxo é símbolo de grandeza de alma. Julgar as pessoas pela quantidade de luxo que ostentam é julgar a própria capacidade que têm de ganhar dinheiro, e ganhar dinheiro, no fundo, é o que conta na vida, não? De mais a mais, com que outros meios poderíamos avaliar as pessoas?

Alternam-se, desse modo, com relação à moral familiar ou às relações de amizade ou de trabalho, virtudes ou atitudes cristãs e conveniências burguesas. Um *post-scriptum* de uma carta de mulher, datada do século XIX, evidencia esse movimento. Sentindo-se abandonada pelo amante, amigo do marido, Cécile vai rezar em seu genuflexório — e é genial a passagem da imagem da personagem ajoelhada às considerações sobre o mobiliário da família. Nesse momento, afirma perdoar o amante, porém pede que pelo menos continue frequentando os seus saraus de quarta-feira para evitar comentários maledicentes:

> Ao rezar em meu genuflexório, achei forças para t'o perdoar. Aquele móvel é herança de minha santa avozinha, e as inspirações provêm de sua pobre alma. Está tudo acabado, Marcel! Tanto o ódio como o amor. Porém, para evitar calúnias da sociedade, não trate com negligência os meus saraus de quarta-feira. Em minha fisionomia serena, tu lerás somente sinais de dignidade fria e desdenhosa caridade.

Noutras cartas, aquilo que o comentarista chamaria de "espírito de sacrifício" deveria ser saudado mesmo quando "impelido pela ambição". Nesse caso, ambição do personagem Lucien Perette de passar num concurso para o Ministério da Viação e Obras Públicas, interessado pelas "máquinas de dragagem e de triturar o entulho". Sacrifício "nunca inútil", dos homens que se abstêm de fumar dentro de casa e, no fragmento a seguir, das mulheres louras:

> Eu tenho o espírito do sacrifício, Charles, sou loura! Você sabe que o meu louro não deve nada a artifícios de cabeleireiro. Todas as louras têm espírito de sacrifício, dizia um amigo meu — um daqueles que você afugentou com seus deboches. Era um homem encantador e recitava monólogos de maneira deliciosa. Ele dizia também que os cabelos naturalmente ondulados são sinal de paciência.

Não se trata, portanto, apenas da "miséria da juventude sem Deus", como afirmaria o próprio poeta, citando Blaise Pascal no poema "La vraie jeunesse" [Verdadeira juventude], de *Laboratório central*. De um homem descrente que estaria na "ignorância de tudo e na infelicidade inevitável".[14] Da ideia, como no livro *Burgueses da França e outros lugares*, de que "o burguês francês perde suas virtudes na proporção em que adquire paixões".[15] Não apenas pela inexistência de um ideal ascético em *O gabinete negro*, incapaz de pregar senão através da voz de um outro, em meio a tantos mais, o controle dos desejos. Mas porque esse lugar da "má consciência" é delegado ao comentário, que é muitas vezes irônico.

Apesar de próximo da sátira de costumes, da ideia de correção moral por meio do riso, *castigat ridendo mores* — e o abade do texto que dá conselhos ao rapaz lembra a virtude católica de algumas personagens de Molière —, há um lugar do divertimento que não se opõe a essa consciência, e que o comentarista assinalaria nas duas cartas da viúva Gagelin[16]. Divertimento que "não é, como se poderia acreditar, sinal de falta de reflexão ou de consciência, mas, muito pelo contrário, símbolo de uma grande profundidade".

A essas situações que nos fazem, apesar de tudo, rir, com seus personagens, como diria Jacob, "meio criminosos mas tão engraçados", é que se convida o leitor com esta edição brasileira. É a oportunidade de refazer, na companhia de um dos autores franceses mais importantes do século XX, uma parte dessa "aventura" das vanguardas, com toda a sua dimensão de experimentação formal, decisiva para escritores como Raymond Queneau em seus *Exercícios de estilo*. Experimentação que não diminui o prazer que alguns desses textos, escritos há quase um século, ainda conseguem produzir.

---

14. Fragmento 389 dos *Pensamentos* de Pascal: "O Eclesiastes mostra que o homem sem Deus está na ignorância de tudo, e numa infelicidade inevitável".

15. Jacob, Max. *Bourgeois de France et d'ailleurs*. Gallimard: Paris, 1932, p. 31.

16. A sra. Gagelin teria sido inspirada na mãe do poeta, Prudence Jacob, como confessaria a Jean Cocteau: "Minha própria mãe me diz, com frieza, que a sra. Gagelin era seu retrato". Jacob, Max. *Œuvres*, op. cit, 2012, p. 1774.

LUIZ DANTAS

Foi professor do Instituto de Estudos da Linguagem da Universidade Estadual de Campinas (IEL-Unicamp) durante 22 anos, além de seu diretor, de 1999 a 2003. Fez graduação, mestrado e doutorado pela Université d'Aix-Marseille, na França, onde pesquisou a obra *O Japão*, de Aluísio de Azevedo, e *Lourdes*, de Émile Zola. Verteu para o francês *O Ateneu*, de Raul Pompéia, e traduziu para o português textos como *Pierre-Auguste Renoir, meu pai*, de Jean Renoir. Verdadeiro erudito, seus interesses abrangiam desde a arquitetura românica e a crítica literária de René Girard, caminhos trilhados mais recentemente, até a poesia francesa do século XX, passando pelos relatos de viajantes franceses, pela poesia e prosa românticas e naturalistas, pela arte, a música e o cinema. Luiz Dantas faleceu em 2008, deixando inédita a tradução de *O gabinete negro – cartas com comentários*. Sua família doou os direitos de publicação dessa tradução para o Instituto Boldrini, de Campinas.

PABLO SIMPSON

É formado em Letras pela Universidade Estadual de Campinas (1998), tem mestrado (2001) e doutorado (2006) em Teoria e História Literária pela mesma universidade, com sanduíche na Université Marc Bloch de Strasbourg e pós-doutorado pela Université Paris III – Sorbonne Nouvelle/Fondation Maison des Sciences de l'Homme, na França, e pela Universidade de São Paulo (2010). É professor do Departamento de Letras Modernas da Universidade Estadual Paulista (Unesp) de São José do Rio Preto.

Sobre esta edição

O projeto gráfico deste livro buscou respeitar a estrutura da obra, um conjunto de cartas ficcionais que, seguidas de comentários, não constituem uma narrativa única, mas representam uma diversidade de tons, estilos, registros, linguagens e épocas. Um gênero indefinido, que foge ao romance epistolar tradicional e condiz com o perfil de seu autor, o escritor e poeta Max Jacob, personagem central entre os artistas modernos que viviam em Paris nas primeiras décadas do século XX. Amigo de Pablo Picasso, cuja obra ele ajudou a difundir, Jacob teorizou sobre o cubismo e foi um dos principais formuladores da história do movimento. Entendendo o livro como um "romance cubista", este volume apresenta as cartas como uma colagem.

Para encontrar os comentários, escondidos nas dobraduras das páginas, o leitor precisa abri-las, ora para a direita, ora para a esquerda, tal como os censores do Antigo Regime que, dentro do chamado "gabinete negro", interceptavam a correspondência que circulava pela França, liam e depois fechavam novamente os envelopes que seriam direcionados aos destinatários.

As fontes tipográficas utilizadas na composição do texto foram a Bely, desenhada pela francesa Roxane Gataud, e a Usual, do português Rui Abreu.

O livro foi impresso em papel Offset 90 g/m² na gráfica Ipsis, em janeiro de 2018.

© Editora Carambaia, 2018
Título original: *Le cabinet noir: lettres avec commentaires* [Paris, 1928]

DIREÇÃO EDITORIAL
Fabiano Curi

EDIÇÃO
Graziella Beting

TRADUÇÃO
Luiz Dantas

PREPARAÇÃO
Ana Lima Cecílio

REVISÃO
Ricardo Jensen de Oliveira e Tamara Sender

PROJETO GRÁFICO
Paula Astiz

DIAGRAMAÇÃO
Ana Lígia Martins

PRODUÇÃO GRÁFICA
Lilia Góes

Editora Carambaia
Rua Américo Brasiliense, 1923, cj. 1502
04715-005 São Paulo SP
contato@carambaia.com.br
www.carambaia.com.br

CIP-BRASIL. CATALOGAÇÃO NA PUBLICAÇÃO
Sindicato Nacional dos Editores de Livros, RJ

J13g
Jacob, Max, 1876-1944
    O gabinete negro: cartas com comentários / Max Jacob; tradução Luiz Dantas; posfácio Pablo Simpson.
    1. ed. – São Paulo: Carambaia, 2018.
    248 p.: il.; 21 cm.
    Tradução de: *Le cabinet noir: lettres avec commentaires*
    ISBN: 978-85-69002-34-5
    1. Romance francês. I. Dantas, Luiz. II. Título.

17-46918   CDD: 843/CDU: 821.133.1-3

Este exemplar é o de número

0871

de uma tiragem de 1.000 cópias